얼음 불꽃

모아드림 기획시선 145

얼음 불꽃

박상옥 시집

모아드림

내리 감은 속눈썹 사이로
나무도 풀도 너도
서로의 등 뒤 지평선까지
아리아리하게 보듬는
15도.

귓바퀴 울음으로나 보이는 아주 작은 벌레에게도
너무 올려보아 거만하지 않게
너무 낮아 주눅이 되지 않게
정면의 내일이 슬프거나 부끄럽지 않게.

침묵과 대화 사이 가슴이 여며지면
귀에 닿는 소리마다 꽃이 피는
내 발과 네 발 앞의
15도.

천의무봉天衣無縫이어야 한다며
엄정한 시의 품격을 일러주신 김명인 교수님,
엉성한 작품을 꼼꼼히 읽어서 과분한 해설로
시의 태반을 튼튼히 해 주신 유성호 교수님 감사합니
다.
버려진 마음을 주저 없이 챙겨주신 송정화 선생님,
고인 물을 퍼내야 새 물이 솟는다며 출판을 지지해준
반회장님 잊지 않겠습니다,
첫발을 떼는 아이가 넘어짐을 두려워 않아 직립의 영
장을 살아내듯이,
첫 시집이 뭇사람의 매를 두려워 않으며 사랑으로 오
래 살아가길 기원합니다.

2013년 10월
박상옥

차례

시인의 말

1부 꽃잎은 찢어져도 씨앗은 영글었네

3부 내가 그 아래 있으므로

4부 꽃이 바닥에게
무어라 속삭이는 것을 보았다

■ **해설**

1부 꽃잎은 찢어져도 씨앗은 영글었네

거울 1

청소를 했어 거울이 떨어지며 깨졌는데
눈이 한 개인 여자가 들여다보여요
잘린 코가 떨어진 눈과 붙어 있는데
피는 보이지 않는데 입술이 잘리고 입이 잘려
보이는 자리마다 상처처럼 쓰라려요
쏟아진 마음과 깨어진 일들
소리를 듣고 나오는 발걸음에게
다가오지 마! 라고 소리쳐요
상상을 흐르는 피가 더 아프고 무서운 법
그저 바라보며
거울은 늘 혼자 울지도 먼저 웃지도 않아요
내가 나에게 또 너에게
세상을 향해 지킬 것이 많아요.

어머니 3

초등학교
배고픈 하굣길에서
김 확 뿜으며 엎어지던
방앗간 백설기
그 쫀득쫀득하니 씹히는 희생
모락모락 승천하는
어지럼

배부르고 등 따시면
까맣게 잊고 지내다
생각할수록
때 놓친 배고픔처럼
불러도 허기지는
하얀 이름

어떤 꽃

천둥 비바람 지나간 자리에 찢어진 꽃이
상처를 말리고 있다
찢어지고 젖은 시간을 여미면서
씨방 속 꿈들을 다독이고 있다

누군가의 꽃이었음에 주어진 아픔보다
사랑이 준 기쁨을 더 오래 보듬으며
더 이상 꽃은 아니어도 괜찮다 하는
주름 깊은 꽃잎 안에는 구름과 바람의 향기 그득하다

어머니 빈집에 홀로 계시다

치매

　아주 오래 전 한때, 햇볕 이야기가 자글자글 끓었다는 방 하나를 허물고 돌아와 밤낮 없이 멀미를 한다 망가진 화면처럼 진눈깨비가 내리는 황량한 고립무원 지대, 나무꾼 몇이 서둘러 벌목을 했다 耳鳴 때문인 듯 방이 조금 기울고 사냥꾼이 다녀가듯 노래인 양 날아드는 새소리 대신 콩 볶듯 총소리가 들리고는 했다 문을 닫아걸고 견디는 습한 시간마다 벌레가 들끓고 누군가 박아둔 시퍼런 못 자국과 울혈 든 상처를 부풀리다 다시 눈이 그치고 무지개가 뜨면 벌레들은 재빨리 세상 속으로 날아갔다 한숨 꺼지듯 방이 기울고 남은 벌레들이 방의 구멍을 뚫는지 아귀 소리 가득한 밤이면 냉장고를 열다 들키는 날이 많아졌다 배고프다 외쳐보지만 누군가 방으로 들어오는 선마저 흔들어 놓았는지 방에는 가끔 불이 들어오지 않는, 그런 날이면 신을 바꿔 신고 떠난 영감이 상앗대질을 한다 폐쇄된 방을 탈출하려고 기억이 바람처럼 회오리친다 해가 뜨지 않는다 열어도 방문이 열리지 않는다 고치를 뚫고 영겁으로 날아가 버린

치매 든 나비 한 마리. 마리아 햇살이 슬어 놓은 아지랑
이 벌레들이 꼼틀꼼틀 빈 방을 채운다

얼음 불꽃

겨울강이 ♡ 모양으로 그을려 있는 것을 보았습니다
추위로 꽝꽝 문 닫은 그 몸 위에서
누군가 맹세한 흔적이듯
♡ 안에 가지런히 언 장미 송이들이
금방 피어난 듯 빠알가니 눈부셨습니다
밤새 흘려놓은 촛불 사리 알들
그 따스함도 맨몸으로 받아주었는지
강이 선명하고 검게 그을려 있습니다
강을 가로질러간 두 사람 발자국이
얇은 싸락눈 위에 선명하게 박혀서
딛을 때마다 온몸에 쩡쩡 금 가는 소리 들립니다
세상을 거꾸로만 보아온 편견을 버리고
차고 단단한 두께만큼 얼음이 되고서야
바로선 사람을 안아보았던
♡ 모양의 강의 문신을 보았습니다
왜 꼭 마흔 개의 촛불이어야 했는지 알아내진 못했지만
꽝꽝 문 닫은 강이 받아낸 사랑의 흔적을 보았습니다
봄이 오면 맞은편 기슭에서 바라보던 얼굴도

아픈 자리를 벗어나 수천 겹의 물결로 흐를 테지만
바닥을 들여다보면
기억 속의 ♡ 모양은 수만 겹 모래 사이에 남을 테지요

겨울 파밭에서

23번국도를 따라가다 들어선 충주시 산척면 봉서식당
염소전골을 먹고 돌아서 나오는 길 왼편으로
시퍼렇게 펼쳐진 파밭 그 얼음에 발이 쩍 들러붙는다

굴껍질이 실에 꿰어 늘어진 창호문 안에서는
질화로에 달여지던 할머니의 약탕기 보글거리는 소리
밖에선 암소가 허연 입김 푸푸 되새김하는 소리
두부 촛물 냄새 조청 고구마 냄새 밥 숭늉 냄새
부엌 냄새와 언 광목치마의 버걱대는 소리
국화꽃 박힌 쪽유리로 내다보이던 혹한의 소리는
윗목, 비료 포대에 담겨 있던 샛노란 파였던 시절의 기억
꽃 피지 못한 따순 방의 기억이 부끄러움과 연통하듯
그렁그렁 언 푸른 결에 머리마저 통째로 젖는다

외풍이 심한 방은 바깥보다 추웠던가
빙산은 무너져도 빙의 뿌리는 남았던가
내 오랜 기침을 저 시퍼런 파밭에 묻고 싶다 나도 칼날
이 되어

추위를 썰어대는 밑둥치 굵고 힘센 뿌리가 되고 싶다
머릿속 책들일랑 시퍼렇게 언 물에 쏟아 부우며
꺾인 파 사이 시린 눈처럼, 세상 매운 뿌리에 스미고 싶다
쿨럭쿨럭, 기침조차 둥둥 얼어버린 물결을 타고 호령하
는 겨울 파밭
겨울을 잘 견딘 파는 봄이 와도 '곤자리 먹지 않는다'*
던데……
금방 먹고 돌아선 때를 잊고 공복에 시달린다

* 곤자리 : 파 뿌리에 벌레가 생기면서 파의 밑부터 흐물흐물 녹는 병.

불도화가 피던 뜨락

우물가의 나비 더불어 한나절을 보냈다
턱을 괴고 앉아 소의 눈물을 보는 날도 있었고
민들레와 냉이꽃의 속삭임
제비꽃이나 바람의 수런거림과 함께 노는 듯
싸리 울타리 너른 마당은, 재잘대는 햇살로 가득했다
뒷산 소나무 숲이 자꾸 말을 걸어왔고
나무의 말과 숲의 한숨소리 때문에 말을 잃었다
나비와 민들레, 냉이꽃과 제비꽃의 향기에도 시큰둥하다
음-매 하는 소의 부름조차 외면할 때쯤
스스로 떠났다고, 마을 도랑물이 긴 머리로 찰랑거렸다

사람들은 소나무 숲이 우는 소리가 들린다고 했다
숲은 아무도 들어오지 못하게 시름처럼 깊어지고
그녀가 거닐었던 오솔길은 무성히 덮여지고
올해는, 그녀의 이야기를 전해 주던
정자 아래 느티나무마저 장맛비에 쓰러졌다
40년 전에
요령소리도 없이 관 하나가 뒷산으로 갔다

뻐드렁니 아저씨

회전의자를 빼앗긴 후 뭔가를 자르고 싶어서
사람들 지청구를 자르고
회한에 박혀드는 가시들
웃자랐던 자존심을 잘랐다고
싹둑대는 가위 소리에 귀를 대면
꽃가지 잘리며 휘어지는 뚜두둑 소리
어서 옵쇼 허허허
침봉에 박히고 오아시스에 목말라도
꽃처럼 위안이 되고자
상처에 물길을 댄다고
좁아서 회전의자는 영 들일 수 없지만
회전의자를 잃어버려 사는 게 사는 것이 아니시라면
"누구나 좋은 맴일 때 찾는 되는 꽃집 하라고."
3평짜리 가게에 꽃잎 같은 뻐드렁니 4개가
허허허! 허허허!

얼마나 진부하고 너절한가

살가도 사진전을 본다 모포에 싸여 호기심과 두려움이
그렁그렁한 눈으로 빼꼼히 세상을 본다 지팡이에 의지해
사막을 건너가는 마른나무 같은 아이들. 금광에서 개미떼
처럼 일하는 광부들. 큰 날개를 펄럭이는 까마귀나 강아지
닭과 오리와 섞여, 묵묵히 바닥을 뒤지는 넝마들. 살벌하
게 삶이 이미 진흙인 허무한 눈동자들, 태양 빛에 말라버
린 당나귀나 들소뼈를 블록처럼 가지고 노는 어린 인류들.
떨치지 못하는 비애를 안고 나는 극장에서 전시관으로
폭염의 하루를 상큼하게 끌고 간다 이런 일쯤은, 21세기
폭력과 타락을 찬양하는 대중에겐 눈물 없이도 쉬운 일.
단 한 명의 정상인도 등장하지 않는 '친절한 금자씨'를 만
난 갈증을, 황량한 흑백의 묵시적 풍경으로 목 축이는 일.
비애 속에 나는 있거나 없다 그러므로 황무지가 되는 일
은 어느 날 잠시 배고픈 일과는 아무 상관이 없다 사진 속
정지된 모래바람에 눈이 멀어도, 대중은 살 만한 값어치
가 있어서 사는 것이 아니라 자살할 만한 값어치가 없어
서 악다구니로 즐거운 것이다.*

* 가브리엘 가르시아 마르케스 : "삶은 살만한 값어치가 있어서 사는 것이 아
니라 자살할 만한 값어치가 없어서 사는 것이다."

나팔꽃 병동

고혈압이 타고 올라가는 병동에 누워 있는
그에게 건넬 말을 찾는데, 그가 말한다
누워 있는 창 너머에서 나팔꽃이 얼굴을 들이밀었다고
숨겨놓은 애인인 양 꽃 이야기를 한다
창을 넘어오는 나팔꽃을 보는 순간,
아득함 이쪽으로 기운이 솟고 맴이 환해지더라고
그럼 그날부터 물리치료기 바퀴살에 기름이 돌고
멈춘 혈을 따라 엉킨 신경줄이 투-욱- 풀렸다고?
링거줄처럼 늘어진 덩굴손의 시간만큼
뒤엉킨 실을 바로잡는 어떤 禪의 깊이가
침대에 가득 찬 혈관의 압력을 내렸다고?
'꽃잎은 찢어져도 씨앗은 영글었네'
툭, 누런 꼬투리를 비벼 건네주는
비틀린 화엄의 미소.
나팔꽃 입으로 밥알을 튕기며 수다를 한다

물수제비

수심 아래아래 종양 같은 돌무덤이
수초가 자라는 틈 사이로 꼬리지느러미를 키운다
바람이 물이랑의 푸른 사다리를 타고 내리면
계절은 안으로부터 단단히 빗장을 지르고
쩡쩡쩡 돌의 파편에 하얀 금이 가는 날도
지느러미들은 소리에 맞추어 별 꿈을 꾼다
누군가 던진 돌에 머리가 깨어져 피가 났었다고
아직도 그 돌 어디서 날아온지 모른다고, 하지만
언 돌을 던진 손은 얼마나 시렸을까를 생각하고
파동에 부대끼며 둘러친 가시울타리를 치울까 생각하고
누구나 돌을 던지고 돌을 맞지만
물 속엔 중심 없이 바닥만 있다거나
침묵엔 바닥 없이 깊이만 있다는 것 때문에
돌을 던지고 돌을 맞는다
깨끗한 물에나 던지고 싶은 거라고
탁한 물에는 돌도 던지고 싶지 않은 거라고
돌을 던지는 것은 돌아누운 등을 두드리는 것
고요한 시간이 벽이 된다고

호숫가에 홀로 앉아
끌어안았던 것들을 자잘한 파장으로 던진다
누가 나를 물 가운데로 수제비를 띄운다

細雨

솔잎 끝마다 수천의 물방울이 달려 있습니다 가까이 다
가서려니 밤을 뒤척이다 잠을 놓친 얼굴이 물방울거울마
다 수없이 갇히고 맙니다 저만치 비둘기가 젖은 깃을 털
며 종종 걸음을 옮기고, 솔이 제가 찌르던 바람의 안부를
내게 물었을까 투명하게 글썽이다 개구리눈알처럼 튀어
나오는 낯익은 중년이 그렁그렁 일그러집니다 소나무 잔
등을 쓰다듬는 한 줄기 햇살에 송알송알 핀 꽃이 초롱한
연등으로 바뀌고 툭, 청개구리 정수리에 한 방울의 얼굴
이 떨어집니다 한 시절 견우를 건너온 흰 머리카락이 바
람을 따라간 이후, 보고 기억하는 것으로 시간이나 바람
의 족쇄를 채울 수는 없었던 얼굴이 솔에 맺힌 물방울마
다 피었습니다

새벽이면 저절로 뜨이는 눈동자 가득한 우주입니다.

등산로의 카메라 속에는

자주 가는 등산로 입구에는 너무 많은 손을 잡아 부끄
럽다고 초여름부터 새빨간 손으로 온몸을 가리던 단풍나
무 안개에 숨어 옷을 벗는다 산책로가 바둑판처럼 많아진
민둥산이 오솔길에 밟히는 동안 상처에 부딪쳐 결을 버린
참나무들 그 빛나는 옆구리를 진찰 받는다 바람 청진기가
간지러워 까르르 웃는다 구름 젖꼭지를 빨던 물오른 단풍
들 걸음마다 손 하나씩 건넨다 할머니 할아버지들 비밀한
사랑이 키득키득 뒷산에는 잘 비웠으므로 잘 늙어가고 계
신다 아픈 이력을 아뢰는 주름진 입들이 수런수런 궁시렁
궁시렁 서로에게 가는귀먹고 있다

기둥에 대하여

밤기차로 조치원서 광주까지 돌아오는 길
신문지 아래 잠꼬대치는 펄럭임이
역 앞 전등에 이마를 읽힌다
덮고 있는 세계가 포획하고 있는
신문지 아래 웅크린 기둥 하나
언젠가 곤한 잠을 털고 일어설 땐
하늘이 주춤 물러설 거라고
덮고 자던 세계는 툭툭
기둥의 옆구리에 박히는 거라고
서 있는 것은 모두 기둥이니까
하늘을 향한 나무들도 기둥이 되고
하루에 반은 선 채로 반은 누워도 되는
모두가 들보 같은 하루의 기둥이니까
곧 새들이 태양을 마중하려는지
기둥의 뿌리가 어둠에 박혀 있는 것이 보인다

국화꽃 무늬 냉장고

꽃을 저장한 냉장고가 고장났다
꺼내놓은 음식 다라이 옆에 앉았는데,
"냉동칸이 꽉 차서 통풍구가 막혔어요"
아저씨가 송곳으로 얼음을 깨고 뜨건 물을 붓는다
간간이 소통을 멈춘 시간들도 냉동되었던지
꽃과 음식이 시름없이 녹는 동안
나는 화전이 되지 못한 국화꽃처럼 잠이 쏟아진다
아스피린 먹은 몸에서 뚝뚝 꽃물이 지는
내게도 뜨거운 물이 필요한 건 아닐까

위-잉, 냉장고가 다시 돈다
기억을 뒤집어 놓은 솥뚜껑 주위로
낯익은 얼굴들이 꽃잎처럼 도란도란 둘러앉는다
다들 풍선껌처럼 부푼 국화전을 입에 물고 웃는다
"아직 싱싱합니다 한참 더 써도 되겠어요"
꽃들, 잊혀지던 기억을 저장시킨다

햇살 속에 여우 잡아라

명랑한 기포를 터트리는 후드득 호드득 소리, 울타리
닭들이 퇴화된 날개를 펼친다 대문 앞 누렁이도 몸을 털
며 일어섰다 샛노란 여우의 꼬리가 돼지우리 황토지붕을
흝고, 잎 뒤에서 비를 피하던 나비들이 날아오른다 쿵쿵
기와지붕 위로 치닫는 거침없는 천둥소리 빨래는 다시 말
리면 된다 다시 말리면 된다지만 거봐, 옷이 젖었잖아 장
항아리엔 물이 고였잖아 젖은 앞섶의 체기를 주먹 치며
어머닌 이마의 띠를 두르고 언니는 호박잎을 따서 가시난
장을 덮는다 딸꾹질을 멈추려고 창호지를 말아 코를 쑤시
던 노인만 햇살 속에 여우 튀어 달아나는 소리를 무심히
흘긴다

얼빠진 듯 서 있던 내가 작은 보퉁이를 가져다 들이밀
도록 그래, 잇바디를 환하게 드러내며 웃던 여우 노을이
그 고운 자태에 주홍글자 핏물을 들이도록 뜰아래 넘어져
하염없이 울었지 벼락 맞아 푸른 불을 지닌 대추나무처럼
다 보여주고 나면 끝이란 걸 여우는 몰랐을까 여우 안의
또 다른 여우 그 안의 더 많은 여우들은 다 아는데 끝끝

내 제가 태어난 굴을 떠나지 못하는.

　아이가 다 자라도록 밤이면 뒷산에서 여우가 울었다 소
년이 어른이 되도록
　비 오는 날 햇살 속엔 여우가 살았다

나이

산 아래
풍물마당으로 날리는 가을처럼
언놈은 날아서 하산하고
언놈은 느릿느릿 뒹굴며 하산하고
꽹과리 치며 덩실덩실 하산하는 언놈들 따라
적당히 슬프고 신나는 나이
더 늦기 전에 나를 버리고
아는 이 하나 없는 낯선 곳으로
가끔 잠입하고 싶지만
거울에 갓 주름진 얼굴을 들이대면
구겨진 뺨 돼지콧구멍,
통 굵은 허리를 모로 세워 폭을 좁힌들
하나도 착하거나 아름답지 않은
남자도 여자도 아닌 적당히 싱싱한 나이
길에서 마주친 사슴의 눈빛이라면
그가 사랑 가운데 있다는 것쯤은
저절로 알게 되고
가끔 심장이 못다 한 꿈으로 뻐근할 때면

끝이 보이지 않은 채 굽어진 오솔길을 가리키며
닭은 지들끼리 수런거리며 풀이 죽는
육십도 청춘

청춘을 버렸다

내 오래 전 사랑에 숨넘어간 청춘을 묻고
돌아오는 길가엔 눈 같은 첫서리가
무더기 무더기로 샐비어 꽃을 짓누르며
물방울이 물방울을 적시고 있었다

오늘따라 창밖에 붉은 꽃잎들이
삐죽거리고 쫑알거린다
무심코 꽃꼭지를 따서 입에 물으려니
세월 건너 아직도 꽃에 대한 기억
무섭도록 생생한 얼음가시로 박힌다

얼마 전까지 편지를 가지고 있었지
그립거든 찾아와라
노을이 온통 샐비어 꽃밭
죽음의 가사다

태양을 먹은 새*

호수엔 해를 삼켜버린 새가 산다 그림자로만 보아온 마법의 새. 밤새 창가에서 퍼덕이던 불면의 새. 그림자를 붙잡고 늘어지던 여자가 미끈덩 빠져든 호수. 구름 위로 물고기가 헤엄치고 새가 물고기를 물고 비상하는데, 나선형의 태양궤도에 매여 튀어나갈 수 없는, 푸른 벌레의 긴 잔등처럼 물결이 밀리고 푸르르 푸르르 새가 날갯짓한다 여자가 두 팔 벌려 나아가고 태양이 끓는 호수에서 새가 날아오를 때 꺄악! 단발의 비명으로 떨어진 깃털이 해를 덮치고, 호수만한 새가 해를 삼키는 숨이 멎는 저녁. 새의 울음에 고막이 찢기고 노래가 끊기고 여자는 편도선을 잃었다 그림자 하나씩 지우는 해의 붉은 자궁과 水路, 호수만한 새가 해를 삼킨 채 불면의 타는 새가 된다.

* 7세 때 청각을 잃은 운보의 작품. 한쪽의 청각과 편도를 잃은 나의 자화상.

몽매夢寐

목구멍이 열려 있어 땅 문으로 들어가지 못한 내가 잠의 뿌리를 타고 내려가 꽃 심을 밀어 올리는 자들을 보았다 캄캄한 아래 더 아래로 구름계곡이 있어 그 거추장스런 살과 뼈를 훅훅 날리시는데 누군가 기침할 적마다 풀이 솟고 꽃이 서둘러 피어나는데 아직 가시지 않은 숱한 비린내들이 주민번호나 국적 없이도 저절로 척척 겹치며 제대로 놓이며

　– 제 뼈를 다 정리했습니다

　– 제 살을 다 마셨습니다

하냥 부드러운 채로 무덤들이 서로 당기며 잔을 기울이는 것이다 잠-곳이라면 저승도 첩자처럼 다녀올 수 있다지만 아침이면 검은 커튼조차 눈부셔 창을 열 수가 없다 분분히 흩어지는 상념에도 숨이 가빠지는, 나 아직 갈 길이 멀다

2부 정작, 그리운 것은 볼 수 없다

거울 2

　붉은 양치 컵으로 입을 헹구는데 입이 삐에로 같다 이
빨이 드라큘라 같다 곁에는 엉성한 이빨을 갈아대며 코를
골며 '순하게 살아라 순하게' 어머닌 꿈속에서도 잔소리
장단이다 잠든 어머니의 얼굴을 훔쳐보면 세상은 보이는
게 다가 아니다 입 찢어지고 이빨이 물결치는 거리에서
돌아와 보이는 얼굴 뒤에 멀건 슬픔이 헤벌쭉 벽 속으로
들어간다 아기 배냇짓하듯 피식! 피식! 웃는 어머니는 어
머니가 아니다 나는 잠시 내가 아니다

상징

그늘이 양지라고 생각되는 것은
수능리 마을 입구에서 노인 몇몇이
참외를 깎아 드시고 있기 때문이다
결린 곳을 쿵쿵 부딪는 노인들 상처에 맞아서
빛나는 옆구리를 지닌 나무가
북녘에 두고 온 아내 이야기에 귀를 열고
제가 품었던 죽창의 선혈을 매미로 울기 때문이다
새벽 제일 먼저 느티나무가 이마로 퍼 올린 빛 아래
이승의 색깔 깊은 상여 한 채가
동무였던 김 노인을 태우고 잠시 머무른다
광목천을 묶어 맨 어깨들 위로
느티는 때 이른 초록 잎 그늘 몇 개를 떨구어 주었다

저녁은 집 나간 나그네처럼 돌아오는 것
잡다한 것을 실어왔던 한낮 트럭의 소음도 떠나고
마을에 하나밖에 없는 눈 커다란 손주가
세발자전거 바퀴에 저녁놀을 돌리며 나와
홍 할아버지 손잡고 긴 그늘 밟으며 집으로 간다

지친 양지를 내려놓는 느티나무는
손주 눈 닮은 새까만 열매를 꿈꾸는데
세월 먹은 홍노인이 귀를 닫는다

등나무 반상회

속 붉은 마음밭을 일구는 시간
말마디마다 삽으로 듬뿍 퍼서 뒤엎으면
까만 씨앗처럼 심기는 이웃들
아파트 등나무 아래 반상회가 열리는 날
신부전으로 죽음에 실려 갔던 애매한 미소가
자꾸만 빈대떡을 권해 주는데,
맥주 거품만큼 마음 부푸는 시간의 무늬를
선선히 흔들고 펼치는 등꽃 바람,
가끔은 서로 삐쳐도 좋다고
눈물조차 심심한 길 위에 소금기로 말라
한 울타리 한 무늬로 얼씨구절씨구
연보라 꽃 흐드러져 웃음소리 질펀하다
한 아파트를 축으로 살아 다 볼 수 없는 거리
제 고독만큼 쓸쓸하고 왁자하다
외로움을 호두알처럼 만지던 노부부도 떠나고
은빛 돗자리에 생동감 넘치던 공기를 접어
보랏빛 눈망울을 주렁주렁 떨구는 등나무
뒤틀리며 피워낸 꽃잎을 파장으로 날린다

추억 속 평상에 누워
별을 아리게 당겨보는 반상회 끝나고

검푸른 옷깃을 여미며

대처로 나아가는 강물의 가난한 선주 되어
아지랑이 파도를 타면서 노를 젓습니다
노를 비껴 물살을 타고 지나가는
물과 바람,
문고리를 잡고 울던 여자의 기도가
튼튼한 닻줄로 드리워져 있습니다
산그늘에 엎드린 아버지는
기쁨인 듯 반음 짧게
슬픔인 듯 반음 길게
뻐꾹뻐꾹 적막을 두드리는데
물살 빠른 귀울림을 거두어 나는
파도 거센 저문리로 들어갑니다
밥그릇 비워지는 숫자만큼 꿈들이 다하면
뱃머리에 신발을 가지런히 벗을 날도 오겠지만
기쁨인 듯 반음 길게
슬픔인 듯 반음 짧게
검푸른 옷깃을 여며 깃발처럼 흔드는
푸르름 창창 파도에 실려 아직은 단단합니다.

분재

    수몰지구 같은 입으로 담배를 빨아대자 가로수에 기댄
근심이 푸념처럼 흩어진다 누더기로 매달린 입성이 헌옷
처럼 낡았다 새 잎을 낼 기미조차 없다 거미줄 수염이 스
치는 차를 따라 날리고 감겨 있던 철사가 아직도 내장을
파고드는지 골 패인 주름이 마른 꽃봉오리를 꽉 잡고 있
다 굳어진 몸을 따라 마음이 가려는지 길들여지지 않으려
애쓰던 많은 길들이 휘어져 등골을 접고 있다 가까이 아
파트에서 흘러나온 불빛을 타고 메마름 곁으로 매미가 날
아든다 도대체 누가 버리고 갔을까 한 시절이 늙수그레하
니 서성인다 멋지게 산다는 것 때문에 잘리고 뒤틀린 이
제는 버려진 것이 역력한 차림이 지팡이로 툭, 마른 제 몸
을 두드린다 분재가 노인인지 노인이 분재인지 어리어리
불빛이 어지럽다 벤치 옆 분재 속에 죽은 매미 한 마리.

지난여름

슬픔-슬픔 톱질에 나는 이미 죽었지요. 울 밖 은행나무 아래 가지런히 묶여 있다가 올봄 더덕, 오이, 지지대로 땅에 박혔는데 밑이 간지럽고 뜨끈했기에 내가 다시 살아나는 줄 알았어요 몸만 남은 옆구리 여기저기서 손이나 발이 삐져나왔거든요 아리 아릿한 자리에는 장마 지나 이름 모를 버섯들도 함께 자라 내가 부활했던 것이 분명했어요. 초록으로 거듭나며 신나고 심각하게 에피쿠로스 에피쿠로스 노래가 나오는데 겨울이 와도 에피쿠로스 아늑한 벌레의 집이 되려는 에피쿠로스 베어진 나무토막에 싹이 트는 건 상처에 눈물을 대는 누군가 있다는 것 이젠 더 이상 뿌리는 어찌 되었냐 묻지 않아요 지난번에 베어져 나는 분명 죽었지만 수억 년 전의 꿈처럼 나는 뿌리에서 복제된 뿌리의 꿈이니까요.

피와 꽃

아프다 아프다는 소리 있어
고개가 절로 돌아갔다

꽃-이었다
아,
사방에 꽃-이었다

꽃이 피_,
-었다니

초록이 짜내는
피,
눈부시게 아픈 소리

오막살이집

문을 열지 않아도
네가 내게로 오는 모습이 보였으면 좋겠어
별 총총 하늘을 보다 잠이 들고
새벽이면 숲 가운데 누워서 눈을 뜨면 좋겠어
별이 내 가슴에 곧게 떨어지는 밤
기다림으로 갇혀 있는 내게
늙은 여우가 컹컹 짖다 가도 좋겠어
장미에게 정을 준 어린왕자처럼 네가 찾아와
날 길들이다 가버리는
유리 감옥의 투명한 집에서
하루를 영원처럼 살면서
널 기다리면 좋겠어

작은 일몰

어둠 속에서 훅 장미향이 끼쳐왔다
'케익이야 별 모양 두 개를 박았어'
캄캄함에 기대어 손을 내밀던
어둠 속에서도 빛나던
하얀 이가 웃었던가
울었던가
찬바람 푸른 죄처럼 스쳐와
아궁이에 묻어둔
배추고갱이처럼 노란 고구마를 먹었지

내 마음의 사서

방은 열려 있었다 그냥 들어설 수 없어 문을 두드린다
돌아보지 않는 뒤에서 물기들이 엉기다 얼어버리고
모난 마음이 모난 방으로 끌려들며 삐거덕 부서진다
둥근 열쇠를 버리고 사각의 열쇠를 가지려 했던 방
쌓인 책 뒤에 가려 잘 보이지 않는 얼굴이
책상 책 모서리에 박혀 있다
그러나 누구의 방이든 깊이 들어가려면
둥글어져야 한다는 것을
책이 가르쳐주는 것은 아니어서
글자들 때문에 뾰족해진 말로
나는 침침한 돋보기 눈동자를 툭 터트리고는 했다

나는 늘 텅 빈 네모난 방에 갇혀 있었으므로
벽을 더듬어 나아가면 늘 닿는 것은 사각지대
애써 모서리를 벗어난 말들을 움직일 때마다 마음과는
달리 고슴도치처럼 가시가 먼저 깊어지던
사랑하는 이는, 작고 네모난 방문을 영 잠가버렸다
책상 위에 놓인 채 말없는 열쇠를 잡으니

쌓인 책 뒤에 가려 잘 보이지 않던 얼굴이
열린 문으로 들어서며 달빛 원광을 받는다
누구의 방이든 깊이 들어가려 애쓰는 동안
모든 방의 모서리는 모서리가 아닌 것을.

바다로 돌아간 편지

소식처럼 하늘이 열리고 비 그치는 날
파도에 깎인 이마 너른 바위로 빛날지라도
삶의 흔적은 해송에 얹힌 이슬
움켜쥔 그리움이라 쓰였습니다

수평 깊은 물길 바다에는
보내고 또 보내도 돌아오지 않는 저승이 있어
그 이야기 전하려고 갈매기가 운다고
오늘도 누군가의 울음이 영가로 불리는
파도는 영원히 멈추지 않는다 쓰였습니다.

무서움과 외로움은 닮았다

개턱고개 넘어 땅콩밭에 가시며,
"어여 집에 가서 기다리거라"
엄마가 산그림자 속으로 들어가시면
돌아서지 못하고 징징거리고 동동거리다
한 번 더 어머니의 손끝이, "어여 집에 가서 기다리거라"
산보다 커 보이던 어머니 꼴깍 안 보이면
컴컴하고 적막한 산에서
호랑이 승냥이 어슬렁 걸어나온다
한 번도 안 쉬고 집까지 내처 달려와
툇마루에 동생을 내려놓으면,
무섬도 모르고 외로움도 모르고 방글거리는
내 유년의 첫 번째 애증 덩어리
땀과 동생의 똥오줌이 일이 되는 동안
부엉이가 엄마 대신 기척을 내어주고
무섬도 외로움도 방글방글 미움으로 받아먹던 이쁜 막내
무지무지 학교에 가고팠던
달리기를 참 잘하던 까닭의 시절

여보세요

눌렀을까? 아니면 두드렸을까?
빈집을 다녀간 마음이 현관에 걸려 있다
검은 비닐봉지 안에는
자주 부재중인 안부를 묻는
이웃의 존재가 채소처럼 싱싱하다
찐 찰옥수수가 걸려 있는 날은 아이들이
완두콩 한 사발 걸려 있는 날은 남편이
4층 할머니 찰진 도토리묵을 먹으며

산 게가 봉지를 찢고 도망가던 날처럼,
무공해 마음 되어 훈훈했었다
오늘 또 누가 다녀갔는지
현관 문고리에 걸린 간고등어 한 손이
코끝 찡하도록 비릿비릿 마음을 흔든다
궁금증으로 전해오는 이웃의 이름이
저녁기도에 닿는,
한집 한 울타리의 아파트
나누는 정만큼 거리가 없다

아파트에 살다

창을 열면 구름 위에 내가 있다

저 나지막한 지붕 아래
하루를 열며 깔깔거리는 소리가
천천히 시야 걷히면서 드러난다

마당가에서 세수를 하고
텃밭에 물을 주고
채 덮은 고추 멍석을 다시 펼치며
조붓한 안마당에 가득 차는
처마 낮은 저 부산한 움직임

뿌리도 없는 구름 위에
붕 떠서 사는 일상이 부담스럽다
우리 집엔 마당이 없다
(모래의 빌딩)
주저앉아도 늘 허공이다

훌쩍훌쩍

추적추적 비는 내리는데
장례식장에서부터 몸의 소리가 새요
신호등 앞에서도 멍청하게 새요
클랙슨에 놀라 엑셀을 밟고
집에 와서도 먹지도 눕지도 못하고 서성이더니
다리 사이에 소리를 묻어요
너만 외롭니 너만 외롭냐구
사람 하나 돌려세운 벽이 사방에서 일어서고
소리가 입안에서 메아리치다 몸에 갇혀요
집 밖 어스름을 짖다 차에 치인 강아지가
낮아진 무덤 너머로 절뚝이며 숨어요
소리가 바람을 가르고 나아가
제 몫의 독한 상처를 다독여요
죽음은 천근 무게의 고아를 살과 뼈에 심는 것
이불깃을 머리 깊이 덮어버리면
몸에서 풀이라도 자랐는지 썩썩 마음이 베어져요
밤새 허기진 맹수처럼 이승의 뜰을 지키는 쓰라림
소리 없이 문밖이 훤해 오더니 후-울-쩍

영정의 미소가 찾아와
들고 있던 내일을 안기고 돌아서요
자꾸 자꾸 자꾸 자꾸만 몸의 소리가 새요

TV 속에서 길을 잃다

모대가리금풍뎅이 한 쌍은 늦가을에 생을 결정합니다
수컷이 애벌레의 먹이를 집 구멍 속으로 밀어 넣으면
암컷은 그것을 정성껏 요리하지요
먹이 구하는 일이 쉽지 않으므로
힘에 부친 수컷 홀로 벌판으로 나아가 죽습니다
좁은 집안에서 숨을 거두면
대처로 나아가는 새끼들의 길을 막기 때문이지요

가시돌거미나 개개미의 새끼들은
스스로의 힘으로 두꺼운 알주머니를 뚫고
세상에 나올 수 없습니다
새끼들이 성숙하길 기다린 어미는
이빨에 모은 마지막 힘으로
애벌레의 세상 구멍을 물어뜯은 후에야
껍질 주머니에 매달려 죽어갑니다

아직 눈뜨지 못한 애벌레의 작은 집이
아파트 비좁은 화면에 가득합니다

꽉 막힌 제 울음 때문에
애벌레 같은 아이를 안고 뛰어 내린 어미가 있습니다.
애벌레 같은 아이를 안고 돌아가는
세계의 화면이 똑똑,
컬러일 필요가 없는데
무심한 시간이 째깍 째깍.

양파

사랑은
벗길수록 눈물난다

맵다고
방치하지 말라
그리움도 묵히면
독이 되는

사랑은
매운 눈물로
제 푸른 싹을 틔우고
세월 앞으로
흰 머리를 내린다

그리운 것은 볼 수 없다

진달래 가지에 배암 껍질이 걸려 있어요
눈 시린 물을 받아 올린 가지 끝마다
잎 없이 입술을 내밀기까지
그 어떤 그리움이 봄을 불러오는지
그는 몰라요
그 음락의 푸른 정맥 덩어리
손가락 발가락도 없이 꿈틀꿈틀
꿈속 향기를 찾아
서둘러 또아리를 풀고 내려왔을
수없이 갈아입었을 삶의 悲衣
꿈조차 추운 죄를 벗어 놓고 어디 갔는지
바람 또한 저 욕망을 데리고
어디로 가려고 저리도 칭얼대는지
누구나, 꽃 꿈을 꾼다고
꽃의 내부로 들어가는 것은 아닌데
본 적 없는 허물을 배경으로
할머니들 쪼글거리는 웃음
경로당 그림자로 퍼다 놓은 햇살
정작, 그리운 것은 볼 수 없어요.

신호대기

청사 직원들이 가로수를 잘라요
햇살을 받아먹으려 허공에 발자국을 떼던 가지들이
삽시간에 아래로 처박히며
봄의 심장을 뱉어놓아요
차량들도 멈춰 서서 신호등에 머리를 깎아요
차량 앞으로 병아리 발바닥 같은 손을 흔들며
봄 소풍을 가는 유치원 아이들
아장아장 쭈빗쭈빗 머리칼을 세워요
톱날까지 받아들이던 기억의 압지 속에서
어머니 귀 뒷머리 잘라 책을 사시고
입산한 지 30년 만에 파계한 여자
머리를 깎을 때 세상의 끝이었단 말 흘러요
깎아낸 것은 머리가 아니고 욕망이라서
무덤 속에서도 한참을 더 자란다는 머리는
저승길 앞에서도 꿈을 꾸는지
제 그늘을 넓히지 못한 채
황홀한 묵상에 드는 나무 수도승 곁에서
신호등 따라 페달을 밟아요

빵빵빵, 토막 난 자리마다
눈물이 감싸는 봄이 보여요.

친구의 희망일기

시가 밥이 되기는 글렀다 더위가 길을 꽉 막고 선 길가
에 무더기 무더기로 시들고 있는 시어들, 사람들 표정이
나 지갑에 눈이 가면서 자존심은 그만큼 납작해졌다 고등
어와 오징어에 얹어 놓은 얼음 속에, 더운 구름이 머물다
뚝뚝 녹아내린다 고등어 목을 치는 칼날이 햇빛도 함께
썰어 검은 봉지에 담자, 때 절은 전대 속으로 낮달의 향기
가 슬며시 끼어든다 살아온 이력을 버리고 살아갈 이력으
로 퍼질러 앉은 후, 수시로 잠수되는 무의식의 풍경. 뿌리
뽑힌 야채처럼 시어들이 시들고 詩文 안으로 벼락무늬가
노랗게 떡잎 진다 창대같이 핏대 세워 사려! 사려! 외치다
까무룩 졸면 구름 떼가 멈춘 시장입구에서 은빛 멸치 떼
가 헤엄쳐 올라온다 복개천 물에 저녁노을은 길어져 사람
들 물결이 물풀 같은 몸을 흔든다 비빔밥집 김씨가 떨이
치고 돌아서자 오토바이에 매달린 풀죽은 하루가 너풀너
풀 멀어진다 고무 옷이 바닥을 기는 시계 속으로 여분의
동전을 털어 넣자 시들었던 시어들이 살아나고 파장 판에
별들이 내려선다.

3부 내가 그 아래 있으므로

봄밤

공기구멍을 내는 것은 위험하다

내가 그 아래 있으므로

흙이 숨을 토해 내는 것은 위험하다

내가 그 아래 잠자므로

여자는 위험하다
늘 꽃피는 계절이므로

남자의 부활은 위험하다
꿈에도 알을 슬려 하므로

공기구멍을 내는 것은 위험하다

얼음 상여

폭포에는 눈동자가 있어

저의 수천 개 눈을 찌르며 폭포가 울어요

산산이 찢기우는 현란한 울부짖음,

내리뛰며 열리는 귀

가슴이 먹먹하도록 틀어 막혀요

아아, 수천 개 눈알을 찌르며 우는

비통한 고통의 오페라

한계를 포기하고 날아간 꽃상여

관객처럼 기립박수를 보내는 무지개

단단한 얼음 절벽을 가만히 들여다보면

눈물샘이 막힌 눈동자들 알알이 박혀 있어요

눈물이 떠밀어버리는 황홀한 이별이 있어요

빈집의 독백

바람과 놀던 문짝이 떨어져 나간 후 내 몸엔 더 이상 소
리가 스밀 틈이 없어요
적막하거나 쓸쓸하지 않아요 몸을 관통하던 충돌들
장난스럽고 사소하지만 아직은 중요해요
살가죽을 파고드는 바람, 뼈마디를 드나드는 벌레들
들어보세요 콸콸 흐르던 피가 말라 부서지는 소리
머리 위 종달새가 뼛골뼛골 다공다공 노래 부르는,
쿨-한 척 한다구요 그럼 끝까지 지켜보라 부탁하지요
벌써 풀들이 현관을 지나 안방으로 발을 떼기 시작했어요
포크레인 방문보다 휠, 좋아요 정말 불쾌하지 않아요
낮달이나 햇살까지 내 안에서 볼 수 있고요
그들의 이슬 이야기 들려요 전에도 있었지만 알지 못했죠
밥상머리에 숟가락 부딪는 소리와 아이들 웃음소리에
들여 놓을 수 없었죠 아직도 가끔 목 매이는 그 시절
오늘은 구름이 머리를 적셔요 처마 밑 숭숭 바람이 들
썩여요
반쯤만 남은 천장 사이로 별들이 숨바꼭질하는 밤이면
아련함 때문에 별과 그리움이 닮았다는 것을 알죠

들려요 건넌방에서 기억 속 옥양목 치마 끌리는 소리
바람소리와 닮았지만 같지 않아요 덜컹덜컹 올라온 트
럭이
뭔가를 부리고 가버리자, 할머니 엿질금 달이던 닭은
냄새
역시 비슷하지만 같지 않아요 오늘은 정말 쉬고 싶어서
바닥에 누우려다 우지끈, 기둥이 헛바닥을 빼물고 말았
지만
기억은 여전히 속삭이죠 그 시절엔 잔소리까지도 포근
했다고
곧 뽀오얀 입김 먼지 잦아들면 묵은 묘처럼 평온해질게요
담도 벽도 울타리도 없이 아주 평안해질게요

호암지를 걸었다

막무가내로 급하게 꺾어지는 길
오래 버려왔을 '존재' 란 칼날이
푸른 벌레의 몸처럼 뚝뚝
앰뷸런스 바닥에— 물을 떨군다
"정말 자살하려 했을까"
화들짝, 또아리를 비트는 내일이
굵은 짐승의 내장처럼 어둡고 습하다
호수를 바라다 눈이 젖어버려
온몸이 통점.

풍선이 날리고 아이들 자전거가 달린다
한 무리의 아줌마들 산책길이 빨라지고
가까운 아파트 칸칸마다 불이 켜진다
쓰레기통의 손이 검은 봉지를 들이밀자
고양이가 튀어 달아난다
슬픔슬픔 벌레 울음이 풀리고
울음 끝에 매달려 꼬리별이 호수에 진다
허기진 길 밖의 충동,
바람이 몸속으로 비린내를 들이민다

달빛 고양이를 잡아 주세요

검은 실루엣이 산을 가르며 솟아오르자
그림자로 누운 여자의 달빛을 타고
고양이가 허리를 낮게 늘인 채 천천히 기어온다
베란다 난간을 사뿐히 뛰어오른다
향 짙은 난 화분 쪽으로 발 하나를 내젓더니
꼬리를 위로 추켜세우고 수염을 뻗친다
미끄러지듯 양양하게 숨죽은 거실로 들어선다
비스듬히 기대어 눈알만 굴리는 여자
고양이가 여자의 눈 깜박이는 소리 들었는지
멈칫, 달빛 털을 곧추세우고 살살 꼬리를
몸 쪽으로 감아올리며 여자 쪽으로 다가선다
제 발톱을 둥글려 여자의 발을 쓰다듬다가
펄쩍 올라타고 여자의 가슴을 풀어헤친다
눈꺼풀에 박혀 있던 불면의 상처들이
날카로운 발톱에 긁혀 흥건히 흐른다
고요함을 가르는 뻐꾹 시계 소리에 놀라
황망히 울타리를 빠져 나가는 교교한 울음
울타리 너머 도시를 넘어 강을 건너 달아난다
달빛 고양이 둥지 안의 여자를 노린다.

거울 3

건물이 통째로 거울이 되어버린 거리에서 하루는 포박
당한다 거울을 피해 달아나보지만 거리를 통째로 마셔버
리는 배경에 눈을 흘기지만 시간은 여장 남자처럼 치마를
펄럭이며 눈부신 햇살 감옥으로 끌려가고 끌려나온다 피
할 곳은 어디에도 없다 이름 없이 창백하거나 새빨갛게
끌려 다닐 뿐.

동그라미

세상의 덕지 낀 동전을 입 속으로 들이밀다 놀란 적이 있습니다 동전이 살을 발라내고 뼈를 발라내는 동안 죽음이 배상을 냈을까요 죽었음을 알게 되는 비통의 강을 건널 때 돈 때문에 보낸 첫사랑 돈 때문에 잃은 마지막 사랑까지 사르며 딸 비슷한 생생한 이름 모두 레테의 강에 던져버리며 깜깜한 입구 벗어나 천상의 어디쯤 갈까요. 수의를 입히고 영포를 묶기 전에 '누구 동전 가진 것 없어요' 돌아보는 염사의 땀방울에 잡힌 투명한 동그라미들, 손지갑을 툭 떨어뜨리자 와르르 와르르 마루 위로 굴러가는 동그라미들, 좌르르 좌르르 가슴속으로 굴러온 금빛이 피안의 벽을 넘으려 뱅그르르 돌다 멈추어 섭니다. 달빛을 타고 분수 밑 동전들이 나비처럼 날아올라 물속에서 다투어 꽃이 피기 시작합니다 도대체 얼마나 많은 기원이 동전으로 던져지는지 무덤 속까지 빛을 끌고 가는 저 꽃들이 무더기로 출렁출렁 노를 젓습니다.

골목 안에 잠자리

늪처럼 내려앉은 골목에는
날개옷을 입고 싶은 여자의 헤픈 웃음이 살지요
날개를 얻었다 좋아하며 갈라진 등허리
바람을 걸러내던 거미줄이
날아오는 날개를 쉽게 낚아버렸구요
그 흔들림을 빠르게 포획하여
엄니로 독액을 주사하고는
관을 박고 천천히 체액을 빠는 일쯤
아주 쉬운 일이니까, 그러나
그 날개 팬티를 붙들고
출렁출렁 당당하게 집을 짓던 거미도
온 곳을 알 수 없는 대모벌에게 독침을 맞고
애벌레들 먹이로 팔려간 이후
골목에서라면 늘 방심은 금물이지요
허름한 마트 불빛이 배고픈 혓바닥을 내밀거나
덫을 향해 날것의 희망이 통째로 포획당하니
가끔 거미줄이 얼굴에 들러붙어 숨통을 죄거든
골목 그 안쪽에 살던 목숨을 생각해요
쉿! 울음소리는 절대 안 돼요.

무궁화호

달리는 차창에 나비가 붙어 있다
기차가 달리면 날개를 붙여 몸을 누이고
기차가 서면 날개를 펴서 수평으로 쉬는
너무 얇고 가벼워 낙엽인 줄 알았던 나비,
낯설음을 핏속에 빨아들여도
바람 없는 세상은 가능하지 않아
기다림을 위한 외출도 달콤하지 않아
내가 타고 있는 것은 기차였으며
나비가 타고 있는 것은 속도였으니
납작 엎드려 눈을 부릅떴지만
날개가 펴지는 잠시 한세상이 평화롭고
날개가 접히면 한세상이 소용돌이치는
우리가 저 나비 속으로 들어가
가속을 비껴 날개를 접었을지라도
시련이 품었던 삶의 무늬들은
끝끝내 아무 형상도 얻지 못하지
설레임이란 가냘픈 죽지에 솟은 날개
나비가 내린 하늘이 뜨겁고 푸르러도
허무한 본능이 죄의식을 넘진 못해.

성지 가는 길

냉혈의 빳빳한 놈들을 맨발로 밟고
어머니 밤낮 없이 서 계시는
성지聖地 가는 길
찬 몸을 데우려고 꾸불텅 흘러나오다
가속으로 내닫는 바퀴에 깔린 채
엎치락뒤치락 비트적대며 놓치는
목숨 자락,
얇아지고 얇아진 그의 허울이
기어 나온 늪으로
휙, 쫓기듯 들어가고 말아버린
하얀 길
그 더운 길 따라
헉헉, 긴 혀를 늘어뜨리고
개가 지나간다

어머니 그곳에 계시겠지
목 길게 늘이고
바늘구멍 속 천국을 기웃대다

가속에 치이고 마는
중심이 아니면 잠시라도 머물 수 없는
길 위의 길

쪽지 편지

보일 듯 말 듯 바람만 꽃그늘을 흔드는
한낮의 시간
집 앞에 놓인 베고니아 꽃, 말이 없다
가만히 들여다보니
샛노란 기다림이 영글 듯
베고니아 꽃 송아리마다 초롱한 눈이 들어 있다
모처럼의 방문이니
철문을 살며시 밀어봐도 괜찮겠지만
천천히 스치는 목이 긴 바람에 기대
빈집 앞의 지순함을 누린다
—

"다녀간다"는 글을 적어
베고니아 꽃 사이에 묻었다
툭툭 뒤꿈치를 털고 일어서는데
"벌써 가시려고요"
친구처럼 손을 흔드는 베고니아

개미

세발자전거에서 떨어진 바나나킥 위로
새까맣게 들러붙어 축복을 만끽하고 있다
오른쪽으로 킥! 왼쪽으로 킥!
순간, 땅이 움직이는 줄 알았다
그러나 엄마 품에 안기려 아장 달려가는
그 발밑에 한순간 깔려버린 개미산
캄캄함이 어디서 왔는지 몰랐을 개미
이천만 년 전 밀림 속을 기어다니다
완벽한 증거로 남기까지
온몸으로 지문이 되어버린 호박 속에
먼 궤적의 캄캄함으로
개미는 말갛게 눈 뜨고 갇혀 있다

아기가 잃어버린 킥의 순수는 저녁 새가 물어가고
개미가 잃어버린 킥의 사각은
유모차가 밀고 간다
가는 허리가 박스 더미에 꺾이며
나뭇잎 잎맥의 하루를 벗어나지 못하고
걸음걸음 자벌레처럼 온몸의 시간을 잰다

바람

열려 있는 21세기 현관 사이 바람이 든다 지상에서 가
장 화려한 바람이다 바람은 젊음의 쭈빗한 무스머리 쓰다
듬고 국적 없는 빨간 머리를 핥는다 찢어진 청바지에서
허스키하게 으스대고 드러난 배꼽에서 넋을 잃고 낄낄댄
다 우리는 비린 입김으로 도덕의 빗장을 채우지만 바람은
조나단이며 빠삐용 걸리버며 빌 게이츠 암스트롱이나 마
릴린 먼로거나 김삿갓을 태엽에 감고 스타를 꿈꾸며 사선
넘어 탈영을 한다 (어차피 미래는 몽땅 그들만의 것) 예부
터 태양은 존재했고 그 눈부심을 그들이 알 듯, 한때 지나
간 수치는 우리도 누렸던 것 이제 추근거리는 위선의 빗
장을 벗어야 한다 간밤의 내린 비로 초록이 몸을 떨 제 간
밤의 내린 비를 엎드려 감사할 때 바람이 폐를 뚫고 환호
성 지름을 우리가 온 가슴으로 느끼지 않는가.

빗살무늬 목기

북바위산 중턱에서 만난 500년은 됨직한 소나무
유물로 남은 빗살무늬 목기를 만났다
일제 강점기 송진 채취 때 남은 생채기에
제 진액을 감싸고 덧바르며
둥그런 함지박이 된
그릇을 쓰다듬어 들여다보니
원한 깊은 골이 가시처럼 가파르다

다섯 살 때 생긴 손톱의 흔적을
평생 지니고 살다간 남자의 얼굴처럼
아마도 상처는 저승서도 받아주지 않는지
빼앗긴 시절 나무의 눈물이
서러운 백성의 생채기를 새기고 있다

고통의 기름을 태우고 남긴 뜻이
아직도 죽죽 그어지며 기억의 피를 흘리고
밤마다 그릇에 담긴 물로
부끄러움을 보아버린 달의 흔적
상처로 만든 목기엔 빗물의 은유가 괴어 있다

아지랑이

시간을 입고 태어났지
나 여기 요로콤 있지
여기!
봐! 봐
투명인간이
찰싹 찰싹 뺨을 때린다
머리를 콕콕 쥐어박는다
어지럽고
얼얼하다
봄,
자꾸 홀린다

타임캡슐

영혼이 녹슨 자들의 책장을 넘긴다
광통신을 달리던 컬러의 두뇌들이
타인의 길을 제 길로 돌려세운다
용광로 속으로 세상이 녹아내리고
한 번의 섬광으로 새와 짐승
침묵조차도 자리를 잃어버린 아침
산 너머 해를 몰고 오는 하느님에게
아무도 요령을 흔들지 않는다
아무도 목탁을 두드리지 않는다
천지가 무덤이었고 천지가 바람이었던
얘야, 어느새 100년의 세월을 지나
공화국은 무너져버렸다
산 밑을 감아 돌며
햇빛이 짐승처럼 지나간다
보아라 얘야, 저 가을과 빛
소멸의 시간이 밤처럼 가고 있구나
할아버지와 할머니들이 들녘을 달리고 있구나

불면不眠

뒤척이던 밤 나는 정원이 되어 누워 있었다
알아들을 수 없도록 왕왕 시끄럽게 다가와
꽃 속 꿀을 빼앗는 벌 장군의 소리
향기로 끌려온 벌 나비에 허리를 내어주고
낭창낭창 사랑을 완성하는 여왕의 소리
묘하게도 아리송– 아리송 밝은 낮
푸른 여름 이빨 소리 들리고
끄–응 고개를 내밀던 잡풀들이
하늘을 뚫고 선 그늘에 잡혀가는 소리
공 하나가 굴러와 상사화 꽃대를 부러뜨리자
침묵처럼 번지는 핏물에
때 이른 은행잎 두 개가 놀라 떨어지고
활개치던 부나방이 어디론가 끌려간다
정원이 '뭉크의 절규' 처럼 외친다.
나는 이미 진화가 끝났거나 아직도
불길한 밤에 접속 중.

껍질

세상에는 가둘 수 없는 많은 바람이 있어
나를 지나 담담히 가는 無緣의 바람
마음 울타리를 넘나드는 인연의 바람
바람을 따라 벌레의 껍질들이 날아간다
설사 어디 숨거나 머물 곳이 없어도
세상에 제 껍질 속으로 다시 들어갈 수는 없다고
미련이라고, 어제로 다시 돌아갈 수는 없다고
괴어 있는 물로 노인이 뛰어들었다
사그락사그락 껍질을 밟고 섰던
껍질

TV 속에서 길을 잃다
— 청문회

햇볕 벌건 낮, 야구장에서 본다
문득 공은 사라지고
말들이 달려나가며 환호를 부르는
말이 투수의 글러브 안에서 조종당하고
타자의 방망이에 맞아 튀어나간다
포수가 놓친 말이 타자의 방망이에 맞자
뜨겁게 야구장을 사로잡은 말들의 경주
볼과 스트라이크에 함성 치는 말들의 울음
어느 순간 투수는 자꾸 데드볼을 던지고
방망이조차 대지 못한 타자가
절뚝이며 2루로 3루로 홈인을 하고
온 곳 모르는 누군가의 말이 롱런이 되고
관중석에는 벌떼 같은 스캔들
말이 바람심지를 꽁무니에 달고
관중석을 향해 강속구로 날아온다
온통 뿌우연 먼지의 소용돌이,
어정쩡히 서 있다간 저 말에 채일 걸
저런 말들이 말들을 밀치며 달아나는데

문득 야구장에는 친구도 말들도 정의도 없고
날아가던 공의 말이 날지 못하는 공의 말로 돌아와
구사일생 구회 말까지 헐떡이며 달리고 있다
야구장에 달리는 꼬리말들 먼지를 뿜는다

염색나라

여자가 나무의 줄기세포와 같다는 것을 안 이후
숲에 들어서면 나무의 옷가지가 사방에서 흔들리고
열차의 차창 밖으로 빨래 그늘이 달려 나간다
그늘 속으로 남자의 회색 저고리가 빨간 장미에서
나오는 게 보인다 쪽빛 새파란 하늘빛이
새어나오고 칸칸의 색깔 속으로 들어가면
나처럼 너도 하나의 색깔만 있는 것이 아니었다
얼굴도 모르는 조상이 열차를 몰고 와선
이 신새벽 하얀 겨울에 정차를 하고
눈에 눈이 멀어서 하얗게 서로의 꿈을 녹이지만
모르고 모르는 것이 많아서
사랑이 기적을 만드는 것이라는 것도 모르고
그래 몸을 섞는 것만이 사랑이라 생각하며
남자는 매염의 암흑 속이라도 머물고 싶어 하는지
차창 칸칸이 빨래가 열차의 꽁무니로 달려 나간다

선운사 붉은 길

길은 토막나 움직이는 그림
한 무리 아줌마들 붉은 수다가 깔린다
여행 온 학생들 밝은 뺨이 깔린다
행렬 다 지나도록 멈춘 차가
마음 비움을 아는 따스함에 깔린다,
머리 하얀 세월 지팡이에 찔려 흔들린 길이
입술 투성이 동백숲으로 빨려든다

길은 뱀처럼 길게 구불거리며
일어서려다 머리 아지끈 밟힌다
선혈처럼 뚝뚝 떨어져 탱탱 얼어붙은 동백숲
물 고인 길 웅덩이 속에 비추이다 갇히는 행렬
동백숲 사이에 뜬 어머니의 낮달은
입술은 입술이되 얼어붙은 입
붉은 사상이 되어 떨어진다
구불텅구불텅 긴 길이 다 끝나도록
차를 세우고 기다려 주는 혹한이다

4부 꽃이 바닥에게 무어라 속삭이는 것을 보았다

어린 예수에게 바치는 헌시

차례를 저버린 영혼에게 새치기를 당했어요
신의 입김이 피를 돌리기 전에 튕겨져 나왔어요
다 벗지 못한 허물이 마디마다 빗장이 질러져
지금 이승의 접속이 불편해요
중얼거림은 전생의 영혼이 남긴 웃음
뚫고 들어가기엔 이미 굳어진 눈물
자꾸 걷어내는 손짓은 관계가 불편하다는 것
구겨진 여인이 절망을 안아주면
머리를 감싸 쥐며 우는 짐승의 소리
몸을 빌어준 것이 비굴한 숙명이라서
신도 이미 엎질러진 일을 거두지는 못하시는지
천사가 가시밭을 한 발 한 발 내디딜 때마다
도시 거리에 널린 죄는 사라지고
신의 입김이 돌기 전에 세상에 왔으므로
아이도 어른도 아닌 투명한 몸은
쨍한 날에도 돌멩이 같은 비를 맞아요
— 누구라도, 그 누구라도, 제발
불편하다고 함부로 손짓하지 말아요
너를 안고 너의 심장소리를 들으면
심장에 하얀 피가 고이니.

아기의 눈물

눈물 없이는 아름다운 무늬를 짤 수 없다고
구름도 눈물끼리 부딪치며 허공에 불꽃을 그리고
근심과 근심을 만나러
밤길을 걸어서 오는 내일이여
눈물 기름으로 불을 밝혀
어둠에 숨은 햇빛 앞으로
미소로 세우는 내일이여
눈물 다 마른 열매로
생을 돌리는 기름이여
그리하여
태어나면서 맨 처음으로
눈물 내시는 이여

그림자가 시간을 보고 있다

앞산을 더듬다 마을을 더듬다
마을 가운데 우물가에서 머뭇대다
집으로 돌아오는 사람들 어깨에 매달리는

그림자 뒤의 또 다른 그림자는
사막까지 제 그늘로 자라고,
사람은 밤이면 사람의 그림자를 낳는
초목이 흙을 만나 그림자를 낳듯이
태어난 그림자들은
순간순간 해를 삼키면서 자라
아득하게
사막까지 제 그림자를 보내듯이
신새벽 사람들이 훠이 훠이
느티나무 아래로 상여를 메고 간다.

모든 손잡이는 소리를 낸다

행랑채 처마 끝에 잠자고 튀어 날아가는 참새 소리
외양간 소가 눈 꿈적이며 새김질하는 소리
담장 밖에서 툭툭 밤 떨어지는 소리
할머니 해소 기침 소리
어머니 윗목 콩나물시루에 물 내리는 소리
아저씨 기둥에 수건 터는 소리
소리는 세상을 여는 손잡이다
떨어진 손잡이는 누군가 다시 박아줘야 하는데
손을 잡고 있다 놓치면 소리도 없어지고
다시 가만히 들으면
원시의 누군가가 돌 다듬는 소리
꽃들이 태초의 리듬으로 열리는 소리
구름이 흐르고 별 떨어지는 소리
마당가 멍석 위엔 햇볕이 콩 꼬투리를 여는 소리
단풍잎 붉어지고 눈이 쌓이는 소리
한결같은 오랜 기억
새벽을 여는 장독의 달그락달그락 소리

백년만의 토끼

세상의 얼룩을 지우며
겨울을 끌고 오는 토끼
산봉우리 쫑긋 세운 귀를 향해
다 소화되고 남은 새까만 똥들
어디에 있느냐 물으니
못 들은 척
구름의 붓을 들어 세상을 칠하는 토끼
눈 쌓인 날 해를 삼키는
빨간 눈의 토끼

폭설이다.

눈보라

새처럼 날아오르다 파도치며 흩어진다
지들끼리 어울려 휘몰아 달려가는
소문
마음에 들어오지 못하고 떠도는
근심의 미립들
아우성이 적막으로 깔리는 길에서
넋 놓고 올려다보다
볼이 발갛도록 매를 맞는다

수억 년 살아가는 아득한 영혼인 양
사라질지언정
절대 잡히지 않는

마른 우물이 있는 풍경

입 밖으로 마른 바람을 따라나서자
달빛도 발을 끊었다
빈 깡통이나 허접쓰레기가
무뎌진 신경줄을 건드릴 뿐
마른 버드나무가
습관 된 기억으로 들여다보지만
어머니처럼 더 이상 거울이 아니다

밑둥치가 드러난
버드나무도 나무가 아니다
괴어 있는 것도 샘솟는 것들 멈추어
젖은 버드나무 가지를 꺾으며
까르르 웃던 소녀를 잊고 있다.

종점과 종점 사이 1

자꾸만 비가 내리고 비는 얼었다. 종점과 종점은 18세기 마차로는 갈 수 없어 썰매 개로만 갈 수 있는 눈길. 썰매를 끌어줄 개도 없고 썰매도 타보지 않아 여자는 눈 위에 발자국을 찍으며 오래 걸었다. 발자국은 따라오며 녹아버리고 동상 걸린 발은 검은 딱지가 말라붙지만 여잔 걸을 수 있는 것만도 다행, 머뭇거리던 자리는 행복과 불행의 중간 지점, 눈사람처럼 녹아 흔적이 없다.

종점과 종점 사이 2

버스가 가파른 고갯길을 올라가는데 아이의 울음소리가 시끄럽다고 누군가의 팔이 아이를 낚아채 창밖으로 던졌어 풀밭에 코를 박고 오래 엎드려 움직이지 않던 어린 심장, 아직도 콩닥거려요 좀 보세요 가까이 다가와 이 눈을 좀 보세요 팔이 없는 게 아녜요 보세요 별을 가리키는 손끝이 있어요 살아선 끝내지 못할 기도로 둥둥 구름 고개를 넘고 싶어요 소매가 시계추처럼 흔들리도록 만원 버스는 왜 덜커덩거릴까요 가만 들어봐요 배꼽을 누르면 '사랑해요'라고 하고요 안아 주면 '사랑해 주세요'라며 허기지도록 울어요

가만 들어봐요 음악처럼 가늘게 흘러나오는 딸꾹질 소리 그치고 아이는 제가 코 박은 자리에서 세 잎 클로버를 들고 일어나요 생애 덤으로 얻은 겸손과 사랑과 인내를 보시려면 가까이 오세요 인형 닮은 맑은 눈 그 속에 가득 있어요.

계절이 사랑을 준비한다

세월을 돌리는 어디쯤에
여인의 눈물기름이 탄다
여인의 눈물을 받아 안은 강이
일제히 수런거리기 시작한다
잎 떨어진 수양버들마저
긴 그늘을 강에 드리우자
회색 여인의 망토 자락이 그 위에 덮여진다
싸늘해진 불씨를 되살리는 것은 남자의 일
사나이는 여인을 찾아 숨가쁘게 달려오지만
여인의 강줄기들은 팔과 다리를 거두며
깊은 잠에 빠진다
잠의 어디쯤 여인이 있는지 아무도 알지 못한다
가끔 강이 눈을 뜨려고 얼음 갈라지며 쩡쩡!
울려 보지만, 봄은 월악산을 내려오지 못한다
남자가 피울음을 토하며 여인을 부르고
노을 강가에서 남자와 여자가 서로 찾아 헤매는 사이
계절은 재빠르게 푸른 배냇저고리를 준비한다
연두색 옷을 입은 아이가 첫발을 뗄 때쯤이면

누구나 못 견디게 사랑하는 삶이 되리라고
모든 소리를 지그시 누르며
하늘이 새하얗게 솜이불을 내린다.

책상 위의 파도

닳고 닳았어도
파도는 살아서
책상 위에 반짝이는
물결로 일렁이고 있다
끈으로 꿰면 훌륭한
장신구가 되는
본디 제 모양을 잃어버리도록
동그랗게 그린
파도 무늬 조가비

곁에서
조각이불을 만드는 여자는
엇나간 시간을 잇기라도 하는지
자투리마다 이어 붙이면
다시 맨처음 인연이라도 되는지
도란도란 새겨 넣는 아련하게 박히는
마음 무늬 조각들

SNS 쉿!

누가 옆구리를 걷어찼는지
쓰레기통 배가 터지고 있어요

뻥 뚫린 곳을 들여다보니
한바탕 끝낸 모습들 마구 엉켜 있어요

포장하면 할수록 버릴 것만 많아진
휴지처럼 구겨진 착한 가면들
함부로 사랑한 낙서의 주인이 누군지
쉿, 비밀이에요.

거울 4

거울을 만나지 않았다면 40년은 더 살았을 그녀는 코
도 입도 삐딱한 탈을 벗어던지려고 얼마나 버둥거렸을까,
거울이 품은 쇠뇌 앞에서 울다 지쳐 꿈밖으로 튕겨져 나
아가 거울을 깨버린, 소리만을 거두어 영정 사진에 담았
는데 거울을 버렸으므로 사진은 쉽게 빛이 바랬다 마른
꽃잎을 붙이려는데 쨍그랑 와지끈 소리로 허를 찌른다,
보이는 건 진실과 상관없다며 향불이 하늘에 이른다

고요를 보았다

내가 그의 곁을 지났을 때
꽃이 바닥에게 무어라 속삭이는 것을 보았다
꽃잎이 흔들리는 것이 바람 때문인지 알았던 나는
바람 없이도 흔들리는 것
고요가 무거워 뒤척이다가
고요를 견디다 떨어진 꽃잎을
바람이 토닥이는 것을 보았다

흔들리는 코스모스 위에
하늘의 엽서가 이슬로 얹히고
다시 선명한 구름모자가 씌워지고
꽃잎들이 흔들리는 것이
바람 때문이 아니라
제 고독 때문이라는 것을 알았다

바람은 떨어뜨리는 게 아니라
받쳐주는 것이라는 것을 알았다

가끔 그림자가 말을 한다

돌아오지 않는 사람을 기다리다가
너무 무거워 내려놓기로 한다
수돗물을 틀고 있었으므로
배수구를 열어 흘려보낸다
자라지 않는 아이를 생각하다가
너무 아파 주저앉는다
창밖 분분히 날리는 벚꽃나무 아래
바람에 쓸리는 어지러운 상념들
저처럼 수만 송이로 피운 생각을 놓아버릴 수 있다면
아무런 아픔 없이 누군가를 내려놓을 수 있다면

유혹처럼 달콤한 기다림을 내려놓으려고
밥을 지어 먹고 청소를 하고 차를 달이며
너무 가까이 마주 앉은 사람과
어느 순간은 적당히 떨어져 앉은 채

주어진 슬픔의 무게를 다 알게 되면
아마 생의 종착역쯤 되는 거라고

그땐 정말 사람의 기억을 내려놓을 거라고
우리 사라지면 그뿐
오늘도 슬픔의 무게로 생을 떠안은 채
그도 이런저런 다짐을 할 거라고

참새 잡는 법

봉당에서 커다란 대나무 바구니에 새끼줄을 맵니다
가느다란 막대기로 바구니를 받쳐 기울여 놓고
새끼줄을 길게 대문까지 늘여 놓습니다
바람이 집안을 휘돌 때마다
날아가고 날아오는 참새들을 위해
바구니 안쪽으로 싸라기를 종종 뿌려 놓으면
바구니 안쪽까지 들어가 싸라기를 쪼아먹는 참새들
기다림을 팽팽히 당길 순간이
빠르고 짧게 참새를 가두면
엎어진 속을 더듬어 딱 두 마리만 잡습니다
한 마리는 포플린 스웨터 왼쪽 주머니 깊이
한 마리는 오른쪽 주머니 속에서 달콤한데
얇은 주머니 안에서 팔딱거리는 새의 심장 소리가
처마 높은 기와집을 흔들다 동생을 깨워 울게 하고
또 하나의 동생이 또 오줌을 지리면
무료함으로 고요함을 이겨낼 시간도 끝이 납니다
참새 한 마리는 날려 보내고
한 마리를 동생에게 가져가 만져보라 하면

울음 뚝! 겁먹어 휘둥그래진 착한 눈동자
나는 참새를 뺨에 대어보고
그 보드랍고 따순 털의 숨결에 행복하지만
안녕! 그 짧은 인사로 날려보냅니다
오줌 지린내로 젖었던 등허리도 다 말랐습니다
막내가 아무리 울어도 엄마는 오지 않고
해가 깜박 교회 첨탑 십자가 뒤로 떨어지면
공기는 수백 개의 검은 날개로 솟구쳐 오르고
처마 높은 기와집과 검은 뒷산에
우두커니로 잡히곤 했습니다.

행복한 눈물

벌레 먹은 잎의 예언은
가벼우므로 추락이 늦어진다는데
하늘 향한 태초의 경전은
모두가 눈물로 쓰여졌을 터이고
사랑과 절망을 경고하지 않은 채
'내일' 이라 적혔을 것이므로
모든 사랑은
애달파 피는 구름이므로
오늘도 악수를 하고 가벼이 돌아서서
사랑 때문에 숱한 사람들이 죽고
살아 눈물 다섯 되를 쏟아도
신기하게도 사랑은 계속하여 살아나는
벌레 먹은 단풍에 눈이 가는 이유
구멍 사이로 들여다보이는 빛의 얼굴은
부드럽게 2000년을 돌고 돌아
삶과 죽음이 하나인
십자가의 예수

숲에는 가로등이 없다

긴 가뭄 끝에 퍼붓는 억수비는
눈물에 푹푹 찌는 詩를 닮아서
도시의 밤 가로등이 일제히 별을 낳는다

젖은 이별이 웃는 이별보다 아름답다 믿어서,
문명은 젖으면서 어둠을 태운다
눈부심으로 살아 태양을 마주보지 못하고,
인간은 캄캄한 심연으로 머리를 들이미는지
너와 나와 그가 아직도 몸인 까닭에
유리알 눈으로 황금눈물을 흘리지

우리가 젖은 이별을 하는 동안은
울컥, 울컥 차고 줄줄이 새는
실어失語의 몸이다.

나이테를 더듬어

산을 오르는데 목울대가 차오르는 자리 턱밑 복숭아 뼈
가 따끔하다
물려 입은 작은 교복이 아궁이에 끄슬리던 가방이
말씀 바늘이듯 솔가지에 찔리는 목마른 깔딱 고개
생솔가지 태우는 연기가 집 안팎을 깔아 가는 저물녘
날선 모시바람이나 도포 자락 큰 그늘이 싫다 했다
이끼 긴 때를 벗겠다며 매운 연기 가르며 뛰쳐나갔다

내려다보니 두 시모는
새하얀 이불 호청에 마른 새똥을 긁어내는데
널어놓은 이불 위로 날아간 새처럼
흔적은 금방 보이거나 지난 시간을 짐작할 뿐
흉터보다 얇아진 나이테엔
늑골보다 깊이 처마 높은 기와집 덩그렇다

빛바랜 유서로 남은 삼종지도三從之道
기와의 푸른 이끼가 설경에 핀다

여주 강

아주 먼 길로 돌아서 갈 줄 아는
강은 때때로 길이 아님을 알았을까
폭우로 불어나는 몸을 뒤척이면서도
하나 되는 고통을 말하지 않은 채
흐르는 것이 운명임을 알았던 것일까
작은 줄기 여린 결을 받아내면서
큰 결의 격한 세월 물굽이를 만들면서
너른 물머리로 빛조차 희게 끌어안는
굳건히 흐르는 강
마르지 않는 이끼 같은 비늘이
내 날갯죽지 아래 자라고 있는지
삶이 버거워 목마를 적마다
그 강가에서 사랑을 입질해 온
나는 한 마리 물고기라도 되는지
에돌아 에돌아 살아온 흔적을 품고
세상의 어머니들 저녁이 현란하다

말

'사랑해' 라는 고운 말이 몸으로 들어왔다
가슴 깊은 곳까지 신선한 향기를 들이밀고
몸 구석구석 묵은 때를 벗기고
상처 묻은 휴지랑을 줍고 쓸고 닦고
달콤 상큼한 낯섬을 걸러내 미소를 만들었다

헤어지자 이제는 '끝' 이라는 말이 몸으로 들어왔다
크고 비대한 것이 귀를 비집고 아프게 들어왔다
무거운 걸음마다 기름에 엉키는 피돌기
어질러진 자리마다 냄새로 피는 곰팡이
먹고 마시고 잠자는 일 너머, 내일이 묻혔다

입에서 나와 귀로 들어가는
말의 무게에 짓눌려 아픈 사람 없길
몸에서 나왔으므로 몸으로 들어가는
깃털처럼 보드라운 말의 마법에 행복 평안하길

존재론적 기원에 대한 사유,
상처와 사랑의 형상

— 박상옥의 시세계

유 성 호
(문학평론가, 한양대 교수)

1. 존재론적 기원을 거슬러오르는 상상력

박상옥 시인의 첫 시집 『얼음 불꽃』은, 생의 가장 깊은 수원水源에서 길어올린 오랜 기억의 풍경첩이다. 시인 자신의 내면 깊은 곳에서 올올이 풀어낸 순연한 마음의 고백록이다. 그 풍경과 고백에는 삶의 존재론적 기원origin에 관한 투명하고도 순정한 사유와 회상도 있고, 시간의 결을 매만지면서 번져갔던 숱한 삶의 상처에 대한 아픈 성찰과 반추도 있다. 하지만 이 모든 것이 감상感傷 과잉

이나 어설픈 커밍아웃 차원에서 멀찍이 벗어나 생의 보편
적 이치에 가 닿고 있는 것이 박상옥 시편의 높은 격이자
오롯한 품이라 할 수 있겠다. 그만큼 그녀는 생에 대한 절
절한 고백이라는 서정시의 제일의적 기율을 한껏 충족하
면서도, 흐트러지지 않는 자신만의 구심적 기품을 통해
서정시의 견고한 위의威儀를 잃지 않는다. 첫 시집이지만
원숙하고도 격조 있는 언어와 문채文彩, figure가 반짝이는
것이 박상옥 시집만의 고유한 매혹이요 의외로운 의미가
아닐까 한다. 먼저 시인의 기억 속에 가장 선명하게 그리
고 지금도 강력한 삶의 현재적 기율로 거듭 환기되는 것
은 '어머니' 라는 오롯한 상징이다. 한번 읽어보자.

　　천둥 비바람 지나간 자리에 찢어진 꽃이
　　상처를 말리고 있다
　　찢어지고 젖은 시간을 여미면서
　　씨방 속 꿈들을 다독이고 있다

　　누군가의 꽃이었음에 주어진 아픔보다
　　사랑이 준 기쁨을 더 오래 보듬으며
　　더 이상 꽃은 아니어도 괜찮다 하는
　　주름 깊은 꽃잎 안에는 구름과 바람의 향기 그득하다

어머니 빈집에 홀로 계시다

　어머니의 생애를 여러 자연 사물과 '빈집'의 풍경으로 은유하고 있는 아릿한 시편이다. 시인의 기억 속에 어머니를 둘러싼 이미지는 '상처'와 '꿈'이 교차하고 '아픔'과 '기쁨'이 순환하며 결국에는 '사랑'으로 가득한 "주름 깊은 꽃잎"으로 수렴되는 표상을 하고 있다. 어머니는 비록 "천둥 비바람 지나간 자리"에 찢어진 꽃의 형상으로 남아 있지만, 그 "씨방 속 꿈들"은 여전히 시인의 삶을 가능하게 하는 원천으로 작용한다. 그렇게 어머니는 "누군가의 꽃"이었고 "구름과 바람의 향기"로 그득한 존재였다. 그 어머니가 문득, 시인의 기억 속으로 들어와, "빈집에 홀로" 계신 모습으로 시편을 물들이고 있는 것이다. 이러한 실례에 비추어 알 수 있듯이, 박상옥 시인은 자신의 삶에서 이제는 '빈집'으로서 존재하는 어머니이지만, 모성과 사랑이 결속한 그 어머니의 상像이 지니셨던 "구름과 바람의 향기"야말로 자신을 키운 양도할 수 없는 중요한 원질이었음을 고백한다. 이렇게 시인의 기억 속 어머니의 삶은 고단함과 사랑스러움의 이미지를 동시에 가지고 있다. 그래서 시인은 어머니를 "생각할수록/ 때 놓친 배고픔처럼/ 불러도 허기지는/ 하얀 이름"(「어머니 3」)이라고 명명하거나, 결국 "산보다 커 보이던 어머니"(「무서움과 외로움은 닮았다」)였다고 넌지시 고백하는 것이다. 그렇게 어머니는 "눈물 없이는 아름다운 무늬를 짤 수 없다"(「아기의 눈물」)는 인생론적 진실을 시인에게 남겨준 것이고, 그만큼 '어머니'의 "수없이 갈아입었을 삶의 悲衣"(「그리운 것은 볼 수 없다」)는 박상옥 시인에게 매우 중요한 정신적이고 존재론적인 기원이 되면서 '지금 여기'의 삶에 커다란 힘을 주는 뚜렷한 잔상殘像으로 남은 것이다. 이러한 어머니의 상징적 의미를 찾아 기억을 거슬러 오르는 시인의 상상력은 다음 작품에서도 이어진다.

아주 먼 길로 돌아서 갈 줄 아는
강은 때때로 길이 아님을 알았을까
폭우로 불어나는 몸을 뒤척이면서도
하나 되는 고통을 말하지 않은 채
흐르는 것이 운명임을 알았던 것일까
작은 줄기 여린 결을 받아내면서
큰 결의 격한 세월 물굽이를 만들면서
너른 물머리로 빛조차 희게 끌어안는
굳건히 흐르는 강
마르지 않는 이끼 같은 비늘이
내 날갯죽지 아래 자라고 있는지

삶이 버거워 목마를 적마다
그 강가에서 사랑을 입질해 온
나는 한 마리 물고기라도 되는지
에돌아 에돌아 살아온 흔적을 품고
세상의 어머니들 저녁이 현란하다

―「여주 강」 전문

　이 시편에서 '여주 강'이라는 공간은 시인에게 이른바 '시원적 상상력'을 충족해 주는 경험적 등가물로 다가온다. 이때 '시원始原'이란, 시간적으로 아득한 옛날을 의미하는 것이 아니라, 우리의 일상적 감각으로는 도저히 가 닿을 수 없는 어떤 신성한 기원을 안고 있는 본향이기도 하고, 일체의 시간 훼손이 있기 이전의 어떤 정신적이고 영적인 차원을 간접화한 형상이기도 하다. 시인은 그렇게 "먼 길로 돌아서 갈" 시원을 상상적으로 찾아가고 있는 것이다. '강'은 폭우와도 같은 고통도 함묵緘默한 채 "흐르는 것이 운명임"을 받아들여 왔다. 작고 여린 결과 크고 격한 결이 순환적으로 물굽이를 만들면서 굳건히 지속적으로 흘러온 것이다. 그렇게 '여주 강'은 시인에게 "마르지 않는 이끼 같은 비늘이/ 내 날갯죽지 아래 자라고 있는" 흔적 곧 어머니와도 같은 성장의 원천으로 존재한다. 그래서 삶이 버거워 목마를 적마다 그녀는 살아온 흔적을 품고 있는 이곳을 찾는 것이다. "세상의 어머니들"도 이러한 강의 흔적과도 같을 것이다. 그 현란한 빛을 품은 강가의 저녁이 시편 가득 번져간다. 이렇게 박상옥 시인의 존재론적 기원에는 '어머니' 혹은 그 어머니와 등가적 관계에 있는 '강' 같은 제재들이 빈번하게 중심적 위치를 차지하고 있다. 그 근원과도 같은 지점은 어쩌면 "시퍼런 못자국과 울혈 든 상처"(「치매 든 방을 비웠어요」)로 가득한 곳일지라도 시인의 정성 어린 기억과 치유를 통해 "기억은 여전히 속삭이죠 그 시절엔 잔소리까지도 포근했다고"(「빈집의 독백」) 라는 전언을 얻어낸다. 따뜻하고 은은하고 깊다.

우리가 잘 알다시피, 신神이나 운명 같은 외재 질서에 구속되어 있던 인간이 스스로 삶의 주체임을 자각하고 선언한 것이 근대적 논리의 기초라면, 서정시는 '근대의 저편'을 응시하는 양식임에 틀림없다. 그래서 우리는 시가 현실을 대체할 수 있는 것이 아니라, 오로지 꿈과 상상력으로 구성되는 시적 현실을 통해 새로운 사유와 감각을 구성할 수 있을 뿐이라고 믿는다. 물론 이는 서정시가 현실과 꿈의 접면interface에서 형성되는 긴장 속에서 자신의 미학과 윤리학을 완성한다는 점을 암시한다. 그런가 하면 서정시의 가장 중요한 원천은 결핍과 부재를 견디는 힘에서 생겨난다고 할 수 있다. 존재해야 할 것의 끔직한 결핍, 한때 실재했던 것들의 현저한 부재, 이러한 생의 뚜렷한 결여 형식에 대한 가장 원형적이고 오래된 반응이 바로 기억과 감각의 운동에 의한 서정의 원리일 것이다. 그 점에서 박상옥 시편들은 기억 속의 경험적 시간을 마음이라는 지층에 뚜렷한 흔적이자 표지標識로 보존하면서, 자신의 존재론적 기원에 가 닿는 상상력을 아름답게 보여준다 할 것이다.

2. 결빙과 불꽃과 파밭의 이미지

근원적으로 서정시는 진솔한 자기 고백과 자기 확인을 일차적 창작 동기로 삼는 언어 양식이다. 따라서 그것은 철저하게 시인 자신의 성찰과 다짐을 매개로 하여 씌어진다. 그만큼 서정시의 저류底流에는 시인이 오랫동안 겪은 절실한 경험 가운데 가장 깊은 기억의 층이 녹아 있는 경우가 많다. 그 시간의 층에서 시인은 회상과 예기豫期를 치러내면서, 현실 질서의 재구축보다는 상상적 질서의 탈환 과정을 선명하게 보여주게 된다. 그래서 시인들은 단호한 행동보다는 흔들리는 '꿈' 의 속성에 더 친화하게 마련이다. 모든 서정시는 이처럼 기원에 대한 기억과 고백 그리고 동질적 자기 확인의 과정을 중심적 창작 동기로 삼는다. 박상옥 시인의 첫 시집은 이러한 서정시의 원리를 가장 충실하게 구현하고 있는 사례로 우리에게 다가오는데, 그만큼 이번 시집은 시인 자신의 절실한 경험 속에 축적해온 경험적 시간들을 새로운 작품 내적 시간으로 바꾸면서 선명한 '기억의 축도縮圖'를 보여주고 있다.

겨울강이 ♡ 모양으로 그을려 있는 것을 보았습니다
추위로 꽝꽝 문 닫은 그 몸 위에서
누군가 맹세한 흔적이듯
♡ 안에 가지런히 언 장미 송이들이
금방 피어난 듯 빠알가니 눈부셨습니다
밤새 흘려놓은 촛불 사리 알들
그 따스함도 맨몸으로 받아주었는지
강이 선명하고 검게 그을려 있습니다
강을 가로질러간 두 사람 발자국이
얇은 싸락눈 위에 선명하게 박혀서
딛을 때마다 온몸에 쩡쩡 금 가는 소리 들립니다
세상을 거꾸로만 보아온 편견을 버리고
차고 단단한 두께만큼 얼음이 되고서야
바로선 사람을 안아보았던
♡ 모양의 강의 문신을 보았습니다
왜 꼭 마흔 개의 촛불이어야 했는지 알아내진 못했지만
꽝꽝 문 닫은 강이 받아낸 사랑의 흔적을 보았습니다
봄이 오면 맞은편 기슭에서 바라보던 얼굴도

아픈 자리를 벗어나 수천 겹의 물결로 흐를 테지만
바닥을 들여다보면
기억 속의 ♡ 모양은 수만 겹 모래 사이에 남을 테지요
　　　　　　　　　　　　　　　　—「얼음 불꽃」 전문

　시인은 '겨울강'에서 한 '그을림'의 풍경을 본다. 그것을 시인은 "♡ 모양"이라는 상형으로 보여준다. 이 하트 모양의 그을림은 겨울강의 가파른 결빙 위에 "누군가 맹세한 흔적"으로 남아 있다. 그 안으로는 가지런히 장미 송이들이 빨갛게 얼어 있었는데, 그렇게 촛불과 장미가 어울렸을 밤에 "그 따스함"을 받아준 겨울강은 "두 사람 발자국"을 선명하게 안고 있는 것이다. 그 발자국들이 냈을 "온몸에 쩡쩡 금 가는 소리"를 간직하고서 말이다. 이러한 그을림 곧 "강의 문신"을 본 후 시인은 "문 닫은 강이 받아낸 사랑의 흔적"을 발견한다. 그렇게 시인의 깊은 기억 속 하트 모양 그을림은 시인에게 "강이 눈을 뜨려고 얼음 갈라지며 쩡쩡!"(「계절이 사랑을 준비한다」) 울리는 순간을 항구적으로 부여하면서 시인이 원형적으로 회감回感하고 재현해야 할 심미적 표상으로서 남는다. 이렇게 '겨울강'의 "얼음 불꽃"은 때로는 "온몸이 통점"(「길이 호수로 뛰어 들었다」)이었을 존재들을 품고, 때로는 "깃털처럼 보드라운 말의 마법"(「말」)처럼 잔잔하게 글썽이면서 시인

의 기억 속에 남아 있다. 편재적遍在的 삶의 상처에도 불구
하고 사랑의 에너지를 품고 생성의 원리로 나아갈 수 있
는 박상옥 시편만의 아우라를 이러한 기억들이 부여하고
있는 것이다. 다음 작품 역시 '겨울'을 배경으로 하여 시
인이 '파밭'에 선 광경을 담고 있다.

23번국도를 따라가다 들어선 충주시 산척면 봉서식당
염소전골을 먹고 돌아서 나오는 길 왼편으로
시퍼렇게 펼쳐진 파밭 그 얼음에 발이 쩍 들러붙는다

귤껍질이 실에 꿰어 늘어진 창호문 안에서는
질화로에 달여지던 할머니의 약탕기 보글거리는 소리
밖에선 암소가 허연 입김 푸푸 되새김하는 소리
두부 촛물 냄새 조청 고구마 냄새 밥 숭늉 냄새
부엌 냄새와 언 광목치마의 버걱대는 소리
국화꽃 박힌 쪽유리로 내다보이던 혹한의 소리는
윗목, 비료 포대에 담겨 있던 샛노란 파였던 시절의 기억
꽃 피지 못한 따순 방의 기억이 부끄러움과 연통하듯
그렁그렁 언 푸른 결에 머리마저 통째로 젖는다

외풍이 심한 방은 바깥보다 추웠던가
빙산은 무너져도 빙의 뿌리는 남았던가

내 오랜 기침을 저 시퍼런 파밭에 묻고 싶다 나도 칼날
이 되어

추위를 썰어대는 밑둥치 굵고 힘센 뿌리가 되고 싶다

머릿속 책들일랑 시퍼렇게 언 물에 쏟아 부우며

꺾인 파 사이 시린 눈처럼, 세상 매운 뿌리에 스미고 싶다

쿨럭쿨럭, 기침조차 둥둥 얼어버린 물결을 타고 호령하
는 겨울 파밭

겨울을 잘 견딘 파는 봄이 와도 '곤자리 먹지 않는다'
던데……

금방 먹고 돌아선 때를 잊고 공복에 시달린다

—「겨울 파밭에서」 전문

"충주시 산척면 봉서식당"이라는 구체적 장소에서 시
인은 "시퍼렇게 펼쳐진 파밭"을 바라본다. 이미 파밭은 얼
어 그 얼음에 시인의 발이 들러붙는다. 여기저기서 여러
소리와 냄새가 흘러나오는데 그 가운데 "혹한의 소리"는
"윗목, 비료 포대에 담겨 있던 샛노란 파였던 시절의 기
억"을 다시금 절절하게 가져다준다. "꽃 피지 못한 따순
방의 기억"을 부끄러움과 함께 환기한 그 "푸른 결"과 "오
랜 기침" 속에서 시인은 스스로 칼날이 되어 추위를 썰어
대는 뿌리가 되고 싶다고 생각한다. 이러한 생각을 감싼
채 흘러나오는 약탕기 소리, 암소 되새김 소리, 두부 촛물

냄새, 조청 고구마 냄새, 밥 숭늉 냄새 등은 "꺾인 파 사이 시린 눈처럼, 세상 매운 뿌리에 스미고 싶다"는 시인의 감각을 적극적으로 돕는다. 이처럼 "겨울 파밭"에서 박상옥 시인은 "겨울을 잘 견딘 파"처럼 자신을 깊이 사유한다. 그리고 "하늘 향한 태초의 경전은/ 모두가 눈물로 쓰여졌을 터"(「행복한 눈물」)라는 생각을 그 안에서 펼친다. 그 점에서 '겨울 파밭'은 시인이 평생 "머뭇거리던 자리"(「종점과 종점 사이 1」)였지만, 고통을 넘어 새로운 뿌리로 거듭나게 해준 시인의 상징적 태반이기도 할 것이다. 이렇듯 박상옥 시인은 '결빙'과 '불꽃'과 시퍼런 '파밭'의 이미지를 통해 겨울날의 차가움을 뚫고 나아가는 에너지를 한결같이 보여준다. 비록 기억의 힘에 의존한다고 할지라도 자신은 "제 껍질 속으로 다시 들어갈 수"(「껍질」) 없고, 더 넓은 삶의 터로 나아갈 수밖에 없다는 생성과 치유의 명제에 충실했던 것이다.

3. 시간과 사랑의 문양을 새기는 고전적 상상력

대체로 시인들은 자신이 살아온 시간들을 되새기고, 나아가 그 시간에 대해 자신만의 고유한 의미를 부여한다. 그 시간이 남긴 무늬야말로 시인이 노래해야 할 직접적 생의 형식이고, 시가 품고 있는 가장 중요한 내질內質이 되기 때문이다. 그 점에서 모든 서정시는 일종의 시간 예술이 아닐 수 없는데, 박상옥 시편들은 이러한 의미에서 전형적인 시간 예술로서의 속성을 보여준다. 그만큼 그녀의 시편에서 '시간'은 충분히 가라앉은 고요의 시선에 의해 감싸여 있다. 그녀 시편에 들어앉아 있는 풍경이나 생각들은 대체로 동적이지 않고 정적이며, 시인의 언어 역시 사물들을 고요 속으로 끌어당기는 독특한 인력引力을 가지고 있다. 이러한 고요의 발화를 통해 박상옥 시인은 그 스스로 겪어온 시적 경험들을 나지막하게 들려주는 것이다. 그리고 이러한 고백과 기억의 언어를 통해 자신이 살아온 삶을 성찰하고 우리가 잊고 살아가는 가치들에 대한 새삼스런 발견의 감각을 보여준다. 서정시의 존재 양식이 인간의 내면에서 잊혀진 것들을 새롭게 환기하는 힘에 있다면, 그녀 시편들은 이러한 시적 존재론에 깊이 닿아 있는 것이다.

자연스럽게 박상옥 시편들은, 시간의 빠른 속도 때문에 우리가 잊었던 삶의 본령이나 궁극적 의미를 일깨워 주는 목소리로 가득하다. 그녀가 보여주는 덕목들, 가령 낱낱 사물들이 품고 있는 고유한 의미에 대한 차분한 관조, 그것을 자신의 정신적 자세에 비유하는 염결성, 현재적 삶과 과거의 기억을 결속하면서 끌어올리는 그리움과 사랑의 시적 형상 등은 그녀의 시가 이루어가는 물줄기라 할 수 있을 것이다. 따라서 우리는 고전적 상상력에서 길어

올리는 시인의 언어와 생각을 따라가면서, 그녀가 우리에게 들려주는 고백과 기억에 대해 미더운 경청을 하게 되는 것이다. 가장 깊은 곳에서 길어올린 그녀만의 실존적 고백이 다음 시편에 아름답게 펼쳐진다.

산 아래
풍물마당으로 날리는 가을처럼
언놈은 날아서 하산하고
언놈은 느릿느릿 뒹굴며 하산하고
꽹과리 치며 덩실덩실 하산하는 언놈들 따라
적당히 슬프고 신나는 나이
더 늦기 전에 나를 버리고
아는 이 하나 없는 낯선 곳으로
가끔 잠입하고 싶지만
거울에 갓 주름진 얼굴을 들이대면
구겨진 뺨 돼지콧구멍,
통 굵은 허리를 모로 세워 폭을 좁힌들
하나도 착하거나 아름답지 않은
남자도 여자도 아닌 적당히 싱싱한 나이
길에서 마주친 사슴의 눈빛이라면
그가 사랑 가운데 있다는 것쯤은
저절로 알게 되고

가끔 심장이 못다 한 꿈으로 뻐근할 때면
끝이 보이지 않은 채 굽어진 오솔길을 가리키며
닮은 지들끼리 수런거리며 풀이 죽는
육십도 청춘

— 「나이」 전문

　　박상옥 시인은 자신의 나이를 일러 "적당히 슬프고 신나는 나이"라고 한다. 이제 더 늦기 전에 익숙한 '나'를 떠나서 어디론가 낯설고 익명성이 확보되는 곳으로 가고 싶지만, 어느덧 "주름진 얼굴"을 바라보면서 다시 일상으로 귀환하는 자신을 새삼 발견한다. 외관으로 보아도 젊은 날의 착하고 아름다웠던 시간들이 다 빠져나가고 "남자도 여자도 아닌 적당히 싱싱한" 시간을 살고 있는 것이다. 더불어 "심장이 못다 한 꿈"이 가져다주는 순간적 아릿함도 '나이'라는 실존을 아프게 가르쳐준다. 결국 시인은 육십이라는 청춘을 향하여 선 자신의 나이를 바라보면서 "끝이 보이지 않은 채 굽어진 오솔길"로서의 인생을 또 걸어갈 자신에 대해 궁극적 긍정을 보내고 있는 것이다. 그 나이에 시인은 "주어진 슬픔의 무게를 다 알게 되면/아마 생의 종착역쯤 되는 거라고"(「그림자」) 생각하지 않고, "하루를 영원처럼"(「오막살이 집」)서 살아가는 역설을 발견한다. 거기서 우리는 오히려 착하고 아름다운 중년의 언어를 발견하게 되지 않는가.

> 행랑채 처마 끝에 잠자고 튀어 날아가는 참새 소리
> 외양간 소가 눈 꿈적이며 새김질하는 소리
> 담장 밖에서 툭툭 밤 떨어지는 소리
> 할머니 해소 기침 소리
> 어머니 윗목 콩나물시루에 물 내리는 소리
> 아저씨 기둥에 수건 터는 소리
> 소리는 세상을 여는 손잡이다
> 떨어진 손잡이는 누군가 다시 박아줘야 하는데
> 손을 잡고 있다 놓치면 소리도 없어지고
> 다시 가만히 들으면
> 원시의 누군가가 돌 다듬는 소리
> 꽃들이 태초의 리듬으로 열리는 소리
> 구름이 흐르고 별 떨어지는 소리
> 마당가 멍석 위엔 햇볕이 콩 꼬투리를 여는 소리
> 단풍잎 붉어지고 눈이 쌓이는 소리
> 한결같은 오랜 기억
> 새벽을 여는 장독의 달그락달그락 소리
> ─「모든 손잡이는 소리를 낸다」 전문

시인의 깊은 오랜 시간 속에 웅크리고 있던 소리들이

모두 제 나름의 고유한 형식을 얻어 시편 안으로 잠입하
고 있다. 시인의 감각이 재현하고 있는 이 소리들의 연쇄
는, 그 소리로 하여 근원적 기억에 가 닿게 하는 시인의
상상적 운동의 결과이다. 시편 가득 나열된 뭇 소리들은
참새, 소, 밤, 할머니, 어머니, 아저씨로 주인공으로 이어
지면서 펼쳐진다. 그 세목은 모두 옛적 농경 사회의 한 컷
을 보여주는 구체성을 지니는데, "행랑채 처마"라든지
"외양간", 그리고 "담장"이나 "콩나물시루" 같은 소재들
이 모두 사라져간 어떤 순간들을 환기하기 때문이다. 시
인은 이러한 소리들이 "세상을 여는 손잡이"라고 비유적
으로 명명함으로써 오랜 기억으로의 입구 역할을 한다고
노래한다. 그래서 손잡이를 놓치면 소리도 따라 없어지
고, 조심스레 다시 거기 귀 기울이면 "원시의 누군가가 돌
다듬는 소리" 혹은 "꽃들이 태초의 리듬으로 열리는 소
리" 같은 원시原始와 태초太初의 소리가 들린다고 노래하
는 것이다. 그렇게 '구름'과 '별'과 '햇볕'과 '단풍잎'과
'눈' 같은 자연 사물들이 흘리는 소리까지 합쳐져 이 시편
은 그야말로 시인의 "오랜 기억"으로서의 청각의 향연을
가득 펼치고 있다. 그때 "새벽을 여는 장독의 달그락달그
락 소리"는 현재형으로까지 밀려온 기억의 작용을 말해
주는데, 이는 비록 "시련이 품었던 삶의 무늬들"(「나비를
만났다」)이 있을지라도 그것이 시인의 삶 깊이 착근한 존

재론적 기반임을 역설적으로 말해주는 것이다. 뭇 사물의
기억을 향한 사랑의 마음이 절절히 배어나온다.

아프다 아프다는 소리 있어
고개가 절로 돌아갔다

꽃-이었다
아,
사방에 꽃-이었다

꽃이 피_,
-였다니

초록이 짜내는
피,
눈부시게 아픈 소리

—「피와 꽃」 전문

이 산뜻한 시편은 '꽃'과 '피'의 상상적 관련성을 노래
하고 있다. '꽃'이 통증을 호소하자 시인의 밝은 귀가 그
것을 먼저 알아챘다. 꽃이 핀 것이었는데 시인은 거기서
일종의 언어유희pun를 통해 "꽃이 피_/ —였다니"라는

신선한 상상에 도달한다. 결국 '꽃'의 아픈 호소는 "초록이 짜내는/ 피"에서 유래한 것이었다. 이렇게 시인은 자연 사물의 감각적 실재에 심미적 변형을 덧입혀 상상의 외연을 넓히고 있다. 그러니 우리로서는 자연스럽게 "상상을 흐르는 피가 더 아프고 무서워"(「거울 1」)져도 그 아름다운 변형에 매혹을 느끼지 않을 수 있겠는가. 그때 우리는 그녀가 노래하는 음계가 너무도 선명하게 울려나오는 것을 듣게 된다. 자연 사물로부터 잠기지 않은 수도꼭지처럼 스스럼없이 흘러나오는 "눈부시게 아픈 소리"의 끌림이 바로 박상옥 시인의 감물언지感物言之의 상상력을 필연적으로 낳았기 때문이다. 그때 우리는 '시간'과 '사랑'의 문양을 새기는 고전적 상상력을 흔연히 만나게 된다. 아름답지 않은가.

4. 존재 형식으로서의 시쓰기

주지하듯 서정시는 새롭게 구축한 '시적 시간'을 통해 자신으로 귀환하는 일종의 자기 회귀적 속성을 가진 언어 양식이다. 그래서 어떤 시편이 비록 시간을 초월하는 경우를 지향한다 할지라도, 그것은 지나온 시간에 대한 또 다른 가치 판단을 담고 있을 때가 많다. 그만큼 서정시는 시간에 대한 경험적 재구성의 양식이라고 할 수 있다. 우리 시대를 혹자는 폐허와 절멸의 시대라고 말하지만, 우

리는 아직도 서정시를 씀으로써 곧 시간에 대한 재구성의
원리를 통과함으로써, 세상을 역설적으로 개진하고 견뎌
간다. 그 점에서 시인이란, 오랜 시간의 기억을 순간적 함
축 속에 재구성함으로써 이 폐허와 절멸의 시대를 견디게
끔 해주는 언어의 사제라고 부를 수 있을 것이다. 박상옥
시인은 우리에게 이러한 견딤과 위안을 주는 치유와 긍정
의 기록을 첫 시집에 실어 보여준 것이다. 그렇듯 박상옥
시편에는 '상처'와 '사랑'이라는 핵심 전언이 깊숙이 숨
겨져 있다. 좀 더 확장하면, '상처'와 '사랑'은 그녀의 존
재 형식을 그대로 담고 있는 정신 운동이라고 해도 지나
치지 않을 것이다. 그만큼 그녀 시편은 지난 시간들을 일
일이 호명하면서, 그 안에서 '상처'를 치유하고 커다란
'사랑'으로 나아가려는 의지를 선연하게 보여준다. 비록
"제 고독 때문"(「바람」)에 시를 쓴다 하더라도, 이 깊고도
지속적인 치유와 긍정의 시쓰기는 그래서 인간의 근원적
존재 형식에 대한 탐구 작업으로 끝없이 이어질 것이다.
　지금까지 우리가 세심하게 읽어온 것처럼, 박상옥 시인
의 첫 시집은 처연하고도 진솔한 존재론적 기원에 대한
탐색과 절절한 상처와 사랑의 시학에서 발원하고 완성된
다. 아득한 "실어失語의 몸"(「숲에는 가로등이 없다」)을 지
나서, 고백과 긍정의 언어로 거듭나는 과정이 아름답게
그려져 있다. 그래서 우리는 그녀 시편들을 통해 깊은 존

재론적 기원에 대한 사유와 함께, 상처와 사랑의 에너지를 통한 심원한 형상을 경험하게 된다. 이제 우리는, 이제 첫 상床을 이렇게 소담하게 차린 그녀가 더 넓은 언어적 진경進境으로 나아가, 두 번째 시집에서 한층 더 심화된 시적 사유와 감각을 보여주기를, 그리고 우리에게 더욱 세련되고 심미적인 시적 형상을 보여주기를, 깊은 마음으로, 오래도록 희원해 보는 것이다.

이 도서의 국립중앙도서관 출판시도서목록(CIP)은 e-CIP 홈페이지 (http://www.nl.go.kr/ecip)에서 이용하실 수 있습니다. (CIP 제어번호 : CIP2013021383)

얼음 불꽃

글쓴이 / 박상옥
펴낸이 / 孫貞順
펴낸곳 / 모아드림

1판 1쇄 / 2013년 10월 29일

서울 서대문구 북아현3동 1-1278
전화 / 365-8111~2
팩시밀리 / 365-8110
E-mail / morebook@morebook.co.kr
http://www.morebook.co.kr
등록번호 / 제2-2264호(1996.10.24)

값 8,000원